Über dieses Buch

Die Vorstellung eines Feenreiches, der Anderswelt, wo das kleine Volk wohnt, hat seit jeher Menschen zugleich fasziniert und geängstigt. Vor allem im keltischen Raum ranken sich um diesen Feenglauben zahlreiche Märchen und Mythen. Ihre folkloristischen und phantastischen Motive vermitteln etwas von der eigentümlichen Spannung, die die Feen und ihr Reich umgibt. Denn Feen sind übernatürliche Wesen, die nicht jeder Sterbliche sehen kann. Wer ihnen aber in diesen Märchen begegnet, dem helfen oder den narren sie.

Über den Herausgeber

Frederik Hetmann (Hans-Christian Kirsch), geb. 1934 in Breslau, gest. 2006 in Limburg/Lahn, Autor zahlreicher preisgekrönter Romane, Biographien und Jugendbücher. Ende der 1960er-Jahre begann Hetmann auf Reisen durch Westirland und Schottland Geschichten zu sammeln. Seitdem galt seine Leidenschaft der lebendigen Erzählkunst und dem Sammeln und Übersetzen dieser Märchen und Sagen. Er gilt als profilierter Kenner der keltischen und indianischen Überlieferungen.

Keltische Feenmärchen

Herausgegeben
von Frederik Hetmann

KÖNIGSFURT-URANIA

Überarbeitete und neu zusammengestellte Erfolgsausgabe des Titels »Die verbotene Quelle« von Frederik Hetmann, 2003

Bibliographische Information der Deutschen Nationalbibliothek
Die Deutsche Nationalbibliothek verzeichnet diese Publikation in der Deutschen Nationalbibliographie; detaillierte bibliographische Daten sind im Internet über http://dnb.d-nb.de abrufbar.

Sonderausgabe
2. Auflage, Krummwisch bei Kiel 2014

D-24796 Krummwisch
www.koenigsfurt-urania.com

Umschlaggestaltung: Jessica Quistorff, Seedorf unter Verwendung der Motive »« © Petar Paunchev – shutterstock.com und »Stone spiral« © byheaven – Fotolia.com
Agentur: Montasser Medienagentur, München
Redaktion: Susanne Fleitmann, Kiel/Claudia Lazar, Kiel
Satz und Layout: Satzbüro Noch & Noch, Menden
Druck und Bindung: Finidr s.r.o.
Printed in EU

ISBN 978-3-86826-048-9

Inhalt

Märchen aus Irland

Die Reise des Bran

Es kam Nachricht von Manannan, Sohn des Lir, an Bran, er solle ihn besuchen kommen auf Emhain, der Insel der Feenfrauen. Und dies war die Art und Weise, in der die Aufforderung an ihn gelangte. Er ging eines Tages nahe seiner Hügelfeste umher, als er süße Musik vernahm, die ihn in den Schlaf lullte. Als er nun wieder erwachte, hielt er einen silbernen Zweig in der Hand, über und über bedeckt mit weißen Apfelblüten. Er trug den Zweig heim in seine Hügelfeste. Und als all seine Leute um ihn versammelt waren, stand plötzlich eine Frau in seltsamen Kleidern vor ihm, die sang ein Lied von Emhain, der Insel der Feenfrauen, wo es keinen Winter gäbe, keinen Kummer, wo kein Wunsch unerfüllt bliebe und wo die goldenen Pferde des Manannan über den Strand preschten. Und wer Spiele spielt dort oder Sport treibt, der wird nicht müde davon. Sie lud Bran ein, diese Insel zu besuchen, und als ihr Lied zu Ende war, ging sie fort, und der Apfelzweig sprang von Brans Hand in ihre Hände. Er konnte es nicht hindern. Am nächsten Morgen brach er auf. Sie fuhren übers Meer, bis sie einem Krieger begegneten, der lenkte seinen Streitwagen durch die Wellen, als fahre er über Land. Er grüßte sie und sagte ihnen, er sei Lirs Sohn Manannan. Auch er sang von der Insel Emhain und lud sie dorthin ein.

Unterwegs kamen sie an der Insel der Freude vorbei. Sie versuchten mit den Bewohnern zu sprechen, aber die lachten nur und deuteten mit den Fingern auf sie. Also sandte Bran einen von seinen Gefährten an Land, aber kaum hatte sein Fuß den Strand berührt, da brach er auch schon in Gelächter aus und benahm sich so wie die anderen Menschen dieser Insel.

Also fuhr Bran weiter. Bald erreichte er die Insel der Feenfrauen, und die Große Frau wartete dort auf sie und zog sie an Land. Sie genossen alle Freuden dieser Insel, aber nachdem Zeit vergangen war, von der sie meinten, es sei ein Jahr, bekamen Brans Gefährten Sehnsucht, nach Irland heimzukehren. Jene Frau aber, die Brans Geliebte war, warnte sie. Reisten sie ab, dann werde Kummer sie heimsuchen, doch Bran antwortete, er wolle Irland nur einmal besuchen, dann werde er wiederkommen. Darauf warnte sie ihn abermals, umsehen dürfe er sich, auch mit seinen Freunden sprechen, aber er und alle seine Genossen sollten sich hüten, Erde zu berühren. Also segelten sie fort, und an den Küsten Irlands näherten sie sich einem Ort, Srub Bruin genannt.

Die Menschen am Strand winkten, und als Bran ihnen seinen Namen nannte, antworteten sie, einen solchen Mann gebe es nicht mehr, aber sie hätten in alten Geschichten davon gehört, wie Bran, Sohn des Febal, fortgesegelt sei zu der Insel der Frauen. Als das Nechtan, einer von der Mannschaft, hörte, sprang er aus dem Boot und watete durch die Brandung. Als er aber den Fuß auf den Boden Irlands setzte, fiel die Last aller Jahre, die unterdessen in der Welt der Sterblichen verstrichen waren, auf seine Schultern, und er wurde zu einer Handvoll Staub. Bran aber ließ sich an Land tragen und nahm sich in acht, den Boden nicht zu berühren, weder mit den Händen noch mit den Füßen.

Er berichtete seinen Landsleuten, was er erlebt hatte, und dann wandte er sich wieder mit seiner Flotte fort von der Küste, und nie hat man ihn und seine Gefährten in Irland je wiedergesehen.

König Cormac im Reich der Feen

Und man erzählt, daß manch einer verlockt wurde von Manannan in die Anderswelt, das Reich der Feen. Und einer, von dem man es ganz genau weiß, war Cormac, der Enkel des Conn, König von Teamhair, und hier wird erzählt, wie es geschah:

Cormac hielt sich einst in Teamhair auf. Da sah er einen bewaffneten Mann auf sich zukommen. Er hatte graues Haar, er trug ein golddurchwirktes Hemd auf der Haut, Schuhe aus weißer Bronze an den Füßen, und über der Schulter trug er einen strahlenden Zweig mit neun Äpfeln, die waren aus rotem Gold. Das Geräusch, das von dem Zweig ausging, war so wunderbar, daß keiner auf Erden unter den Sterblichen einen anderen Wunsch hatte, als diese Töne zu hören. Und wenn einer traurig war und er hörte das Geräusch der Zweige, so wurde er auf der Stelle froh.

Cormac und der Bewaffnete grüßten einander, und Cormac fragte den Fremden, woher er komme.

»Ich komme«, antwortete er, »aus einem Land, wo es nichts gibt als Wahrheit, wo keiner altert, wo nichts dahinwest, wo die Schwermut unbekannt ist, wo niemand zu sagen wüßte, was Traurigkeit ist oder Eifersucht oder Neid oder Stolz.«

»Bei uns ist das nicht so«, sprach Cormac, »und darum würde es mir gefallen, wenn wir Freunde würden.«

»Warum nicht«, sagte der Fremde.

»Gib mir diesen Zweig als Zeichen der Freundschaft«, bat Cormac.

»Ich will ihn dir geben«, antwortete der Fremde, »wenn auch du mir dafür drei Geschenke versprichst. Wie steht es damit?«

»Einverstanden«, erwiderte Cormac.

Da ließ der fremde Mann den Zweig zurück und ging fort. Cormac hätte nicht zu sagen gewußt, wohin er gegangen war. Er selbst lief zurück zu dem königlichen Haus, und alle Menschen, die den Zweig sahen, überkam Staunen. Cormac schüttelte den Zweig, und sie verfielen alle in Schlaf bis zur selben Stunde des anderen Tages.

Am Ende des Jahres kam der fremde Mann wieder und forderte das erste jener drei Geschenke ein, die ihm versprochen worden waren.

»Du sollst es haben«, sagte Cormac.

»Also nehme ich heute deine Tochter Aille«, sagte der Fremde. Er führte das Mädchen mit sich fort, und die Frauen von Irland stießen drei laute Schreie der Wehklage aus.

Aber Cormac schüttelte den Zweig, eine wundersame Melodie erklang, und sofort war ihr Kummer vergessen, und sie verfielen in tiefen Schlaf.

Auf den Tag genau nach einem Jahr kehrte der Fremde zurück, und diesmal nahm er Cormacs Sohn mit sich.

Da war ein Weinen und Klagen ohne Ende in Teamhair über den Verlust des Jungen, und in dieser Nacht aß keiner, und niemand schlief, und alle waren bedrückt.

Aber Cormac schüttelte den Zweig, und ihre Sorgen waren verflogen.

Schließlich kam der Fremde ein drittes Mal. Cormac fragte ihn, was er wolle.

»Als wenn du es nicht schon wüßtest«, antwortete der Fremde, »diesmal hole ich deine Frau Ethne.« Und er nahm die Königin mit sich fort.

Aber das konnte Cormac nicht ertragen, und er ging dem Fremden nach und sein ganzes Volk mit ihm. Aber mitten auf der Ebene von Wall kam plötzlich ein dichter Nebel, und als sich der Nebel verzogen hatte, befand sich Cormac ganz allein auf der großen Ebene. Er sah eine große Hügelfeste von bronzenen Mauern umgeben, die ein Haus aus Silber eingrenzte, und zur Hälfte war das Dach gedeckt mit den weißen Schwingen von Vögeln.

Viele Reiter der Feen waren um das Haus, und alle trugen sie weiße Vogelschwingen auf den Armen, um das Dach damit ganz und gar zu decken. Aber kaum waren sie mit dieser Arbeit zu Ende, da kam ein Windstoß, und alles ward wieder zerstört. Dann sah Cormac, wie ein Mann ein Feuer entzündete und einen dicken Eichenstamm hineinlegte. Und als er mit einem zweiten Baum herankam, war der erste schon verbrannt.

»Dir mag ich nicht länger zuschauen«, sagte Cormac, »denn hier ist keiner, der mir deine Geschichte erzählen würde.«

Dann ging er weiter an einen Ort, da stand eine andere Hügelfeste, groß und königlich und wiederum mit einer bronzenen Mauer, die vier Gebäude umgab. Er ging hinein und sah das Haus eines Großkönigs mit Balken aus Bronze und Mauern aus Silber, und das Dach war gedeckt mit den weißen Schwingen der Vögel.

Dann entdeckte er auf dem Rasen eine Quelle, aus der fünf Flüsse entsprangen. Die Heere tranken dort, und dort wuchsen auch die neun immerwährenden purpurnen Haselsträucher von Buan. Ihre Nüsse fielen ins Wasser, und fünf Lachse fingen sie, knackten sie, fraßen die Kerne und ließen ihre Schalen die Flüsse hinabtreiben. Das Geräusch des fließenden Wassers war süßer als die Musik, die Menschen erfinden oder zu singen vermögen.

Darauf ging er in den Palast, und er fand dort einen Mann und eine Frau, die auf ihn warteten. Sie waren sehr groß von Wuchs und trugen Kleider in vielen Farben. Der Mann war schön, und sein Gesicht war angenehm zu betrachten, und die Frau, die bei ihm saß, war die schönste unter allen Frauen der Welt. Sie hatte gelbes Haar und trug einen goldenen Helm. Es gab ein Bad dort mit geheizten Steinen, und Cormac badete.

»Erhebe dich, Herr des Hauses«, sprach die Frau, »denn wir haben einen Gast, und wenn du etwas zu essen hast, so befiehl, daß es herbeigeschafft wird.«

Der Mann stand auf und sagte: »Ich besitze sieben Schweine, aber ich könnte die ganze Welt davon satt machen, denn wenn ich heute ein Schwein schlachten lasse und es gegessen wird, ist es doch morgen wieder lebendig.«

Ein anderer Mann kam ins Haus, und er hielt in der rechten Hand eine Axt und einen Kloben Holz in der linken, und auf dem Rücken trug er ein Schwein.

»Es wird Zeit«, sprach der Hausherr, »denn wir haben heute einen hohen Gast.«

Da tötete der Mann das Schwein, spaltete den Kloben, entfachte ein Feuer und warf das Schwein in einen Kessel.

»Es ist an der Zeit, daß du es wendest«, sagte der Hausherr nach einer Weile.

»Das würde nichts nützen«, antwortete der Mann, »denn niemals würde das Fleisch des Schweines gar werden, bis nicht über jedem Viertel die Wahrheit gesagt ist.«

»Dann erzähle die deine«, sagte der Herr des Hauses.

»Eines Tages«, begann der Mann, »sah ich die Rinder eines anderen auf meinem Land und trieb sie in meinen Rinderpferch. Der Besitzer des Viehs kam zu mir und versprach mir eine Belohnung, wenn ich sie ihm zurückgäbe. Also gab ich sie ihm zurück; und er gab mir eine Axt, und wenn das Schwein geschlachtet wird, dann wird es mit dieser Axt getötet, und das Holz wird damit gespalten, und es gibt immer genug Holz, um das Schweinefleisch gar werden zu lassen. Aber das ist nicht alles, denn am anderen Morgen ist alles Holz wieder vorhanden, das man verbrannt hat. Und von der Gegenwart bis in alle Zukunft wird es immer so sein.«

»Das ist die Wahrheit«, sagte der Hausherr.

Sie wendeten also das Schwein im Kessel, und siehe, ein Viertel war gar.

»Laßt uns eine andere wahre Geschichte erzählen«, sprachen sie darauf.

»Jetzt erzähle ich«, sagte der Hausherr. »Die Zeit, um zu pflügen, war gekommen, und als ich mich aufmachte, war das Feld schon gepflügt, und der Weizen war ausgesät. Als wir dann meinten, jetzt sei es Zeit, den Weizen zu ernten, war er schon in der Scheuer. Wir haben davon genommen, aber er wird nicht mehr und nicht weniger.«

Dann wendeten sie das Schwein, und ein weiteres Viertel war gar geworden.

»Nun bin ich an der Reihe«, sagte die Frau.

»Ich habe sieben Kühe«, sprach sie, »und sieben Schafe. Und die Milch von den sieben Kühen wäre genug für alle Männer der Welt, und die Wolle der sieben Schafe reichte, um Kleider für alle Menschen im Land der Hoffnung zu weben.«

Und nach dieser Rede war das dritte Viertel des Schweines gar.

»Wenn diese Geschichten wahr sind«, sagte Cormac zu dem Hausherrn, »dann bist du Manannan, und du bist Manannans Frau, denn keiner besitzt auf der ganzen Welt solche Schätze wie ihr. Und es ist das Land der Hoffnung, in das ich zog, um nach meiner Frau zu suchen.«

Sie forderten Cormac auf, auch etwas zu erzählen. Und also erzählte er, wie er seine Frau, seinen Sohn und seine Tochter verloren hatte, wie er ihnen gefolgt war, bis er an diesen Ort gekommen war.

Jetzt war das Schwein vollends gar, und sie zerteilten es, und man setzte Cormac seine Portion vor.

»Ich bin es nicht gewohnt zu essen«, sprach er, »mit nur zwei Leuten zur Gesellschaft.«

Da begann der Hausherr zu singen, und er sang Cormac in den Schlaf. Und als dieser wieder aufwachte, siehe, da waren fünfzig bewaffnete Männer, sein Sohn, seine Frau und seine Tochter zur Stelle. Sie schienen alle vergnügt und guten Mutes, und Wein und Bier wurden ihnen vorgesetzt. Der

Herr des Hauses aber hielt einen goldenen Becher in der Hand, und Cormac wunderte sich, wie kunstvoll der Becher geschmiedet war.

»Es hat eine seltsame Bewandtnis damit«, sagte der Mann, »spricht man drei unwahre Worte, dann zerbricht der Becher in drei Teile, werden aber drei wahre Worte gesprochen, so fügen sich die Teile wieder zusammen.«

Also sprach er drei Lügen, und der Becher zerbrach in drei Teile.

»Jetzt wollen wir ihn wieder mit der Wahrheit zusammenfügen«, sagte er weiter. »Ich gebe dir mein Wort. Cormac, seit der Stunde, da man sie aus Teamhair herbrachte, haben weder deine Frau noch deine Tochter einen Mann zu Gesicht bekommen, noch hat dein Sohn ein Auge auf eine Frau werfen können.«

Und kaum hatte er das gesagt, da fügten sich die drei Teile des Bechers wieder zusammen.

»Bring deine Frau und deine Kinder jetzt heim«, sagte der Herr des Hauses, »und nimm diesen Becher mit, als Zeichen, um zwischen Wahrheit und Lüge zu unterscheiden. Ich lasse dir den Zweig, der die Musik macht und Wunder bewirkt. Erst am Tag deines Todes wird er dir wieder genommen werden. Denn wahrlich, ich bin Manannan, Sohn des Lir, König im Land des Versprechens, und mit Zauberei habe ich dich hierhergebracht, damit wir einen Abend lang freundschaftlich miteinander plaudern können. Und die Reiter, die du das Haus decken sahst«, fuhr er fort, »sind die Künstler und Poeten, die durch Irland wandern, um ihr Glück zu machen. Wenn sie fortziehen, zerrinnt alles, was sie zu Hause zurücklassen, und so müssen sie immer wieder ausziehen.

Und der Mann, den du Holz spalten sahst«, sagte er weiter, »ist ein junger Mann, der mehr ausgibt, als er besitzt. Und die Quelle, die du gesehen hast, ist die Quelle der Weisheit, und die Flüsse sind die fünf Flüsse, aus denen alle Weisheit stammt. Und keiner wird weise, wenn er nicht aus dieser

Quelle trinkt. Menschen, die sich in vielen Künsten auskennen, haben daraus getrunken.« Am anderen Morgen stand Cormac auf, und er fand sich auf einer Wiese in Teamhair. Seine Frau, seine Tochter und sein Sohn waren bei ihm. Er hielt den Zweig und den Becher in den Händen. Man nannte ihn Cormacs Becher, und er diente dazu, Wahrheit von Lüge zu unterscheiden. Nach der Nacht von Cormacs Tod verschwand der Becher aus Irland, so wie Manannan es vorhergesagt hatte.

Die Ballingskellig-Melodie

Maurice Connor war der König – und das ist kein geringes Wort in jedem Wörterbuch – unter den Pfeifern von Munster. Er konnte Jigs und Reels spielen, den Ollistrum-Marsch und ganz seltene Melodien aller Art. Aber er kannte eine mehr als die anderen Pfeifer, und diese eine Melodie vermochte alles, ob nun tot oder lebendig, tanzen zu machen. Wie er diese Melodie lernte, entzieht sich meiner Kenntnis, denn er war sehr vorsichtig, etwas darüber verlauten zu lassen. Aber schon bei dem ersten Ton begann es jedem Wanderarbeiter in den Beinen zu zucken. Und dann machten sich ihre Füße selbständig und trugen einen jeden von ihnen fort, tanzend wie wild, hierhin und dorthin huschend und überallhin, wie ein Strohhalm im Sturm, und es gab kein Halten, solange die Musik spielte.

Keine Messe, keine Hochzeit, kein Fest im Umkreis der sieben Kirchspiele war der Rede wert ohne den blinden Maurice Connor mit seinem Dudelsack. Seine Mutter, die arme alte Frau, pflegte ihn von einem Ort zum anderen zu begleiten, und glücklich war er zu preisen, daß er bei seinem Leiden eine Frau wie sie an seiner Seite hatte.

Durch Iveragh, wo man stolz darauf ist, weil Daniel O'Conell, der Befreier, aus dieser Gegend stammt, kam Maurice Connor mit seiner Mutter. Vor allen anderen Orten zeichnet sich Iveragh durch seine stürmischen Küsten und steilen Gebirge aus. Es ist so recht der Fleck in Irland, um sich zu ertränken oder auf trockenem Land den Hals zu brechen. Aber davon abgesehen ist Ballingskellig-Bay ein hübsches Fleckchen Erde, wie geschaffen zur Zerstreuung, und hinunter zum Wasser hin erstreckt sich ein sauberes, weiches Stück Strand.

Hierhin hatte Maurice' Musik eine große Versammlung junger Männer und hübscher Frauen gelockt, denn es geschah nicht alle Tage, daß man am Strand von Trasfraska die Klänge eines Dudelsackes vernahm.

Der Tanz sollte beginnen, und jemand rief aus: »Tapfer voran, Musik! Möge an deinen zehn Fingern nie eine Blase sein!«

Da hielt Maurice plötzlich inne.

»Mehr Mumm in deinen Ellbogen, Maurice, und einen guten Wind in deine Lungen«, rief Paddy Dorman, der Tanzmeister, der da war und auf Ordnung hielt, »wäre eine Schande, wenn die Pfeife trocken würde nach einer solchen Musik. Die aus Iveragh werden es sich schon einen anständigen Tropfen kosten lassen. Was willst du haben, Dudelsackpfeifer?«

»Ein Glas Whiskey, Mister Dorman, und Ihr sollt leben, wenn der Totengräber schon ins Grab gesunken ist«, sagte Maurice zu ihm.

»Ich habe kein Glas«, sagte Paddy, »nur die nackte Flasche.«

»Daran soll es nicht scheitern«, antwortete Maurice, »mein Mund faßt schon einen Tropfen. Ich habe es oft genug probiert.«

Also gab Paddy Dorman ihm die Flasche und stellte voller Mißmut fest, daß Maurice recht ordentlich trank.

»Das ist ein guter Whiskey, Mister Dorman«, sagte Maurice, »der würde noch helfen, wenn einem jemand alle Zähne aus dem Kopf schlüge. Das Bild des Mannes, der ihn gebrannt hat, sollte aufs Etikett.«

»Beim heiligen Frost«, sagte Paddy, »jetzt ist aber wirklich nur noch kalter Trost in der Flasche, und was die Qualität dieses Tropfens angeht, so müssen wir auf dein Wort vertrauen, denn selbst haben wir es ja nicht probieren können. Du hast uns nichts übriggelassen.«

Von den vielen Schnäpsen, die ihm bei den Tanzfesten gegeben wurden, hatte Maurice Connor einen guten Schluck am Leib, und er konnte schon einiges vertragen. Aber Paddys ganze Flasche war ihm doch zuviel, und plötzlich spielte er die Zaubermelodie. Von dem Tanzen, das sich da erhob, kann man mit Worten keinen Begriff geben. Maurice selbst konnte sich nicht gerade halten. Er schwankte mal auf das eine Bein, mal auf das andere. Er rollte wie ein Schiff auf hoher See und versuchte dennoch, nicht aus dem Takt zu kommen.

Da war auch seine Mutter, und ihre alten Knochen regten sich so leicht wie bei dem jüngsten Mädchen in der Runde. Aber das war noch alles gar nichts gegen das, was unten am Strand vor sich ging. Jedes Fleckchen war von hopsenden und zuckenden Fischen bedeckt, und jeden Augenblick sprangen neue aus dem Wasser, angelockt von der wundersamen Melodie.

Hummer von monströser Größe drehten sich auf einer Schere um die eigene Achse mit der Eleganz eines Tanzmeisters, und die andere Schere spreizten sie ab, als sei es eine Gliedmaße, die nie zu ihnen gehört hätte.

Es war schon ein erstaunliches Bild. Niemals zuvor hatte man ein solches Trara auf dieser Welt gesehen. Es war, als ob Himmel und Erde sich vereinigt hätten, und das alles nur wegen Maurice Connors wundersamer Melodie.

Auf dem Höhepunkt der turbulenten Ereignisse sah man unter einem besonderen Schwarm von Fischen eine wunderschöne junge Dame tanzen. So schön war sie, wie die Morgenröte. Sie trug den Hut mit einem verwegenen Kniff, und unter der Krempe fiel ihr langes grünes Haar herab, das genau die Farbe des Meeres hatte. Ihre Zähne waren eine Reihe Perlen. Ihre Lippen sahen aus wie rote Korallen, und sie trug ein Kleid so weiß wie der Schaum der Wellen und mit Tupfen von purpurnem und rotem Seegras darauf. Nie hat man je über und unter Wasser eine Dame zu Gesicht bekommen, die so gut gekleidet war.

Sie tanzte schließlich zu Maurice hin, der seine Beine nur so in die Luft warf, und mit einer Stimme süßer als Honig sagte sie:

Ich bin eine Dame von Ehre
und wohne unter der See.
Komm mit mir Maurice Connor
und heirate eine Fee.
Auf silbernen und goldenen Tellern
wird dir dort unten serviert.
Hast du erst mich zum Weib genommen,
wirst du als König hofiert.

Der Whiskey tat immer noch seine Wirkung in Maurice' Schädel, und voller Inbrunst sang er seine Antwort. Nicht jede Dame macht einem blinden Pfeifer ein solches Angebot, und deswegen mußte er ihr schon Gleiches mit Gleichem vergelten:

Gern äß' ich von goldenen Tellern,
wär' gern König unter dem Meer,
in Glanz und Glorie zu leben,
fiele mir gar nicht schwer.
Auch mit Eures Vaters Tochter
käme ich wohl zurecht.
Doch salziges Wasser zu trinken,
das erachte ich für schlecht.

Die Dame schaute erstaunt drein und schüttelte ihren Kopf, wie ein großer Gelehrter.

»Nun, Maurice«, sagte sie, »wenn du kein Dichter bist, weiß ich auch nicht, wo man noch wahre Poesie findet!« So plauderten sie weiter miteinander und tauschten Komplimente aus, und ihre Füße gingen von der Musik so rasch, wie ihre Zungen. Und alle Fische tanzten auch. Maurice hörte das Getrappel und wagte es einfach nicht aufzuhören, weil er genau wußte, daß es den Fischen mißfallen werde. Und was würden so viele von ihnen sich nicht einfallen lassen, wenn man sie erzürnte.

Nun, die Dame mit den grünen Haaren verlockte Maurice weiter mit süßen Redensarten, bis er schließlich einwilligte, sie zu heiraten und König über die Fische zu werden, über die großen und über die kleinen. Dazu war Maurice wie geschaffen, denn sie hatten sich schon immer einen König gewünscht, der ihnen zum Tanz aufspielen konnte. Und gewiß würde er auch mit jedem Fisch, der ihn dazu aufforderte, einen ordentlichen Schluck trinken, vorausgesetzt, es wurde da nicht nur Salzwasser ausgeschenkt.

Als seine Mutter sah, wie er mit der grünhaarigen Dame zum Wasser hinwalzte, rief sie ihm zu, er solle auf der Stelle zurückkommen.

»Was soll das«, meinte sie, »bin ich nicht schon Witwe genug? Muß er mir das antun und dieses schuppige Wesen heiraten? Und wenn er mich nun zur Großmutter macht! Was weiß ich denn, ob es nicht mein eigener Enkel ist, wenn ich mir ein Stück Butt oder Kabeljau koche und braune Butter darüber gieße? O Maurice, Maurice, wenn in dir auch nur noch ein Funken Liebe ist, so kehre um und komme zurück zu deiner Mutter, und benimm dich wie ein ordentlicher Christenmensch.« Die arme Frau begann zu weinen und schluchzte so herzzerreißend, daß es jedem gut getan hätte, es zu hören.

Maurice aber tanzte immer noch am Wasser herum. Er blies und tanzte, als sei nichts gewesen. Und eine große donnernde Welle kam heran und drohte ihn zu verschlingen. Aber da er sie nicht sah, konnte er sie auch nicht fürchten.

Doch seine Mutter sah sie deutlich genug durch die großen Tränen hindurch, die ihr über die Wangen kullerten, und wenn das Herz ihr auch fast barst, so fuhr sie doch fort zu tanzen, als ging es um ihr Leben.

»Höre, Mutter«, rief er, »ich werde gewiß König über die Fische, und als Zeichen für mein Glück und Wohlergehen werde ich dir alle zwölf Monate auf diesen Tag ein Stück verkohltes Holz nach Trasfraska schicken.« Maurice brachte kein

Wort mehr heraus, denn nun kam die Welle und fiel über ihn, wie ein Mantel, an dem eine große Kapuze ist, die jemandem übergeworfen wird. Und die Woge brach sich zweimal, über ihm und der grünen Dame, und fuhr dann donnernd auf den Sand mit einem Getöse, das man bis Cap Clear hörte.

Auf den Tag nach zwölf Monaten trieb ein Stück verkohltes Holz an Land bei Trasfraska. Es war seltsam, wenn man sich vorstellte, daß es Maurice vom Meeresboden heraufgeschickt hatte. Aber seine Mutter lebte nicht mehr. Aus Kummer über den Verlust ihres Sohnes und aus Furcht bei der Vorstellung, sie könne ihren eigenen Enkel verspeisen, war sie drei Wochen nach dem Tanz gestorben und von ihrer Familie zu Grabe getragen worden.

Aber jedes Jahr zur gleichen Zeit trieb ein verkohltes Stückchen Holz an die Küste. Plötzlich fand man einmal keines mehr, aber keiner wußte den Grund dafür zu sagen.

Die Fischer vor der Küste von Ballingskellig aber hören in stillen Nächten eine Musik, die aus dem Wasser dringt. Und manche, die besonders gute Ohren haben, können ganz deutlich die Stimme von Maurice vernehmen. Er bläst auf seinem Dudelsack und singt dazu:

Schöne Küste mit deinem Strand,
kristallklares Wasser,
glitzernder Sand.
Ach, hätt' ich doch niemals vergessen,
was ich an diesem Gestade besessen.

Manche Leute fragen, wie er denn singen und gleichzeitig den Dudelsack spielen kann?

Ihnen antworten die Fischer: »Mein lieber Mann, unter dem Wasser, wenn man erst einmal ertrunken ist, da sind noch ganz andere Dinge möglich, von denen sich unsereiner nichts träumen läßt.«

Die Wunder der drei Donals

Donal O'Donnell war Bauer. Er baute Getreide an, hatte ein paar Schafe und besuchte von Zeit zu Zeit die Märkte der Umgebung. Er und seine Frau Sorcha lebten weit von dem nächsten Nachbarn entfernt, in einer einsamen Gegend im Norden Irlands.

Das war Donal gerade recht. Kein Ort war ihm entlegen genug. Er hatte einen Groll auf die Welt und mißtraute den Menschen, und die Gesellschaft anderer konnte ihm gestohlen bleiben.

An einem Wintertag stand Donal vor Tagesanbruch auf, trieb einige Schafe zusammen und wollte über die Berge zum Markt, um die Tiere dort zu verkaufen. Ehe er aufbrach, schärfte er seiner Frau Sorcha noch einmal ein, sie möge hinter ihm die Tür sofort verriegeln und solle sich unterstehen, Wanderarbeitern, Vagabunden oder Hausierern, die anklopften, Obdach zu gewähren. Auf diese Leute nämlich war Donal besonders schlecht zu sprechen. Sorcha versprach ihrem Mann, sie werde diesmal niemanden hereinlassen. Dann zog er mit den Schafen davon.

Nun war das kein guter Morgen, an dem Donal aufgebrochen war. Bei Tagesanbruch schon war das Wetter nur wenig besser als ganz schlimm, aber im Laufe des Tages verschlechterte es sich noch. Nebel kam auf, Eisregen fiel, der in Schnee überging. Und jemand mußte schon ein herzloses Geschöpf sein, einem anderen bei solch einem Wetter kein Obdach zu gewähren.

Sorcha putzte gerade das Haus, als sie ein Klopfen an der Tür hörte.

Sie öffnete nur einen Spalt, und sie sah draußen einen armen Teufel mit einer großen Last auf dem Rücken.

»Der Segen Gottes über dieses Haus und jene, die darin wohnen!« sagte der Mann, der dort stand. »Ich bin ein Hausierer. Das Unwetter hat mich im Gebirge überrascht. Geld für eine Herberge habe ich nicht. Ich wäre Euch sehr dankbar, wenn Ihr mich für die Nacht um Gotteslohn aufnehmen könntet.«

Sorcha brachte es einfach nicht übers Herz, dem armen Mann die Tür vor der Nase zuzuschlagen, aber sie erinnerte sich auch daran, was ihr Mann ihr eingeschärft hatte, der nun nicht mehr lange auf sich warten lassen würde. Hin- und hergerissen zwischen Mitleid und Furcht vor dem Groll ihres Alten sagte sie: »Ihr könnt hereinkommen und Euch vor dem Kamin aufwärmen. Aber später müßt Ihr wieder gehen. Mein Mann, der bald heimkommt, will mit der Sorte von Leuten, zu der Ihr gehört, nichts zu schaffen haben.«

Der Hausierer bedankte sich, bat Gott, sie zu segnen, kam herein und machte es sich vor dem Kamin bequem.

Er hatte dort noch nicht lange Platz genommen, als es abermals an die Tür klopfte. Wieder war es ein Hausierer. Die arme Sorcha brachte es nicht übers Herz, ihn abzuweisen. Also hieß sie auch ihn hereinkommen und sich so lange am Feuer aufwärmen, bis ihr Mann Donal zurückkomme.

Damit aber nicht genug, ein paar Minuten später klopfte es ein drittes Mal. Wieder war es ein Hausierer, der vor dem Wetter Zuflucht suchte. Auch ihn ließ Sorcha ein.

Noch einmal erklärte sie ihren Gästen, daß sie unbedingt wieder gehen müßten, sobald ihr Mann komme, denn er könne nun einmal Vagabunden, Hausierer und Wanderarbeiter nicht ausstehen und habe ihr ausdrücklich verboten, jemanden hereinzulassen. Die drei Männer zündeten ihre Pfeifen an, und bald waren ihre Gestalten in eine große Rauchwolke gehüllt. Wieder nicht lange, und an die Tür klopfte ein weiterer Reisender, einer, der sich lauter und dreister gab als die drei anderen, und als Sorcha ging und den Riegel zustieß, war es Donal selbst, der da in die Küche stampfte, lange vor der

Zeit, zu der sie ihn erwartet hatte. Sein Gesicht verfinsterte sich sofort, als er sah, wer da alles um das Feuer saß.

»Hab' ich dir nicht verboten, ehe ich am Morgen fortging, hier solches Gesindel hereinzulassen«, sprach er zornig zu seiner Frau.

Sorcha aber antwortete: »Ich weiß wohl, was du gesagt hast. Ich hätte mich auch daran gehalten. Aber bei diesem Wetter würde man nicht einmal einen Hund vor die Tür schicken. Außerdem habe ich den Männern nur erlaubt, sich hier aufzuwärmen. Danach werden sie wieder gehen.« Das besänftigte Donal, der ein Mann war, bei dem alles immer nach seinem Willen gehen mußte. Er wurde nun sogar ganz umgänglich, zog sich einen Schemel ans Feuer, zündete sich ebenfalls eine Pfeife an und begann, sich mit den drei Männern zu unterhalten. Er fragte jenen, der von ihm am weitesten entfernt saß, nach seinem Namen und seinem Beruf.

»Donal O'Sheary heiße ich«, war die Antwort, »und von Beruf bin ich Hausierer.«

»Und wie ist Euer Name?« fragte Donal O'Donnell den Mann auf der anderen Seite des Kamins.

»Ich heiße Donal O'Neary. Auch ich bin Hausierer.« »Und Ihr?« fragte Donal den dritten.

»Ich bin auch ein Hausierer«, kam die Antwort, »und nenne mich Donal O'Leary.«

»Nun«, rief Donal O'Donnell aus, »manchmal geht's doch tatsächlich merkwürdig zu auf der Welt. Da kommen drei Männer übers Gebirge zu einem Haus, alle drei sind Hausierer, und alle drei heißen Donal. Wißt Ihr, daß ich auch Donal heiße?«

»Ach«, sagte derjenige, der auf den Namen Donal O'Sheary hörte, »so seltsam ist das gar nicht. Da habe ich noch viel merkwürdigere Dinge erlebt.«

»Nehmt Ihr da nicht den Mund etwas zu voll?« sagte Donal O'Donnell.

»Und was gebt Ihr mir, wenn ich es Euch beweise?«

»Ein ordentliches Abendessen und ein weiches, warmes Bett«, versprach der Herr des Hauses, dessen Neugier erwacht war.

»Gut, also«, sagte Donal O'Sheary, »dann hört meine Geschichte.«

Donal O'Shearys Geschichte

»Als ich ein junger Mann um die einundzwanzig war, besaß mein Vater einen schönen Bauernhof an den Ufern der Strile in Tyrone. Der *Hof am Fort* wurde das Anwesen genannt, denn mitten auf dem Grundstück lag ein weicher grüner Feenhügel. An einem Maiabend, ein Tag, an dem, wie man weiß, die Feen besondere Macht haben, sprach mein Vater zu mir: ›Donal, nimm einen Jungknecht und eine Jungmagd mit und geh morgen früh bei Tagesanbruch ins Moor. Wir brauchen Torf!‹

Am anderen Tag liefen der Junge, das Mädchen und ich durch das graue Licht des Morgens auf das Torfmoor zu. Wir nahmen eine Abkürzung über die Felder und kamen an dem Feenhügel vorbei, als Bridgid plötzlich in die Hände klatschte und rief: ›Ach, seht mal, was für eine schöne, saubere Quelle!‹ Und tatsächlich, vor uns entsprang die schönste Quelle mit klarem Wasser, die ich je zu Gesicht bekommen habe. Wir waren deshalb erstaunt, weil wir die Gegend kannten und nie etwas von einer Quelle gehört hatten.

Bridgid rief: ›Ich will einen Schluck trinken. Das bringt sicher Glück.‹ Sie kniete sich also hin, schöpfte etwas Wasser mit beiden Händen, und Rory, der Jungknecht, und ich taten es ihr nach. Als wir nun getrunken hatten und wieder aufstanden, war das Merkwürdigste geschehen, was sich ein Sterblicher denken kann. Bridgid hatte sich in einen gutaussehenden Jungen verwandelt, Rory in eine hübsche junge Frau, und ich stand da als ein ernster, ehrwürdiger Priester mit Tonsur, und wir befanden uns in einem völlig anderen Land.

Seltsam, sehr seltsam war das, ich glaube, die Quelle enthielt Wasser, das sonst nur von den Feen getrunken wurde, und deswegen geschah dies. Nur, als die Verwandlung geschehen war, kam es mir selbst gar nicht seltsam und merkwürdig vor.

Ich war der Priester eines Dorfes, in dem ich mich auskannte. Ich tat meine Pflicht, ohne daß sich jemand darüber gewundert hätte. Für jeden im Dorf war das ganz selbstverständlich. Der junge Mann und die junge Frau, die einmal Bridgid und Rory gewesen waren, verliebten sich ineinander und kamen zu mir, um zu heiraten. Ich traute sie. Und sie lebten zufrieden und glücklich in meiner Gemeinde. Ein vorbildliches Paar waren sie, so daß ich sie häufig, wenn ich am Sonntag predigte, meinen Zuhörern als Muster für eine gute christliche Ehe hinstellte. Innerhalb von sechs Jahren setzten sie ein halbes Dutzend Kinder in die Welt, erzogen sie ordentlich, und im ganzen Ort waren sie als umgängliche Leute bekannt und geschätzt.

In dieser Zeit tat ich meine Arbeit. Ich kümmerte mich um meine große, manchmal auch widerspenstige Gemeinde und brachte ihnen mit der Zeit Sitte und Ordnung bei. Ich taufte und verheiratete sie und waltete meines Amtes bei Beerdigungen. Ich erregte die Aufmerksamkeit meines Bischofs, und er machte mir Hoffnung, sein Nachfolger zu werden, wenn er in die andere Welt abberufen werden würde. Er war schon ein alter Mann. Lange konnte es also nicht mehr dauern.

Nun gut und schön. Eines Tages befand ich mich auf dem Heimweg von einem Krankenbesuch und schaute bei einer Familie herein, wie ich das öfter zu tun pflegte. Man hieß mich herzlich willkommen. Am nächsten Tag war der 1. Mai, da wollten sie sich einen freien Tag machen und zu einem ein paar Meilen entfernten Wald fahren, um dort zu essen, zu trinken und zu tanzen. Ob ich nicht mitkommen wolle, fragten sie mich. Ich sagte zu.

Wir brachen am Morgen auf. Im Wald machten wir ein Feuer und frühstückten. Nach dem kräftigen Mahl kam jemand und erzählte, er habe in der Nähe eine kleine Quelle entdeckt. Wir folgten ihm zu der Stelle, etwas erstaunt, weil niemand etwas von der Quelle in diesem Wald wußte. Ein Mädchen hatte eine Tasse mitgenommen. Sie füllte das Gefäß mit dem klaren Wasser, trank und ließ dann die Tasse reihum gehen, damit wir auch kosten konnten. Nachdem wir getrunken hatten, würden wir alle plötzlich sehr müde. Obwohl es doch noch Morgen war, streckten wir uns auf dem Waldboden aus, und ehe wir uns versahen, waren wir alle eingeschlafen. Aber wir wußten nicht, daß wir schliefen, bis wir aufwachten, und fanden uns – ein Jungknecht, eine Jungmagd und ich – am Rand des Feenhügels auf dem Anwesen meines Vaters in Tyrone wieder. Ich war kein Priester mehr, sondern ein Bauernsohn, Rory war wieder der Jungknecht, der er gewesen war, und Bridgid die junge Frau von ehedem. Und keiner von uns war eine Stunde älter als an dem Morgen, da die erste Verwandlung stattgefunden hatte. Von einer Quelle war nichts zu sehen. Als wir heimkamen, sah mich mein Vater voller Entsetzen an, ja, einen Augenblick schien es, als werde er in Ohnmacht fallen.

Es stellte sich heraus, daß wir sechs Jahre lang fortgewesen waren, aber keiner von uns war gealtert. Als wir vom Torfstechen nicht heimkamen, hatte man damals nach uns gesucht, uns aber nicht gefunden. Man hatte angenommen, wir seien in einem der Wasserlöcher im Moor ertrunken, und hatte schließlich die Suche aufgegeben. Ja, man hatte sogar schon Totenmessen für unsere armen Seelen gelesen. Als mein Vater meine Geschichte hörte, sagte er, er wolle nicht mit Leuten unter einem Dach wohnen, die von den Feen verzaubert seien, gewiß würde das Unglück bringen. Er wies uns die Tür. Eine Zeitlang arbeitete ich mal hier und mal dort, bis ich Hausierer wurde. Ich kaufte mir diesen Packen Waren und bin seither gereist, landauf, landab, bis mich der Sturm an Eure Tür trieb heute Abend. Dies ist meine Geschichte. Und nun sagt mir, was Ihr von ihr haltet.«

»Ich muß schon sagen«, antwortete Donal O'Donnell, »dies ist die wundersamste Geschichte, die ich je in meinem Leben gehört habe! Sorcha, bereite Donal O'Sheary das beste Essen, das unsere Speisekammer hergibt, und richte ihm ein weiches, warmes Lager für die Nacht. Dieser Mann ist heute unser Gast, denn zu seinem Wort muß man stehen!

Und Ihr anderen«, fuhr er fort, »was haltet Ihr von den Wundern, die dieser Mann erlebt hat? Weiß ein jeder von Euch etwas zu berichten, das ihnen gleichkommt?«

»Das wollte ich mir schon zutrauen«, sagte Donal O'Neary.

»Was Ihr nicht sagt«, rief Donal O'Donnell erstaunt aus. »Gut, auf mein Wort, wenn Ihr auch nur etwas annähernd so Wundervolles zu erzählen wißt, seid auch Ihr zum Abendessen eingeladen, und um das Nachtlager braucht Ihr Euch dann auch nicht länger zu sorgen.«

Da sagte Donal O'Neary: »Ich nehme Euch beim Wort. Ich werde Euch erzählen, was mir Merkwürdiges zugestoßen ist. Hört erst meine Geschichte, danach entscheidet, ob sie dessen wert ist, was Ihr da angeboten habt.«

»So sei es«, sagte Donal O'Donnell, »nicht lange gefackelt. Laßt hören!«

Donal O'Nearys Geschichte

»Nun«, begann Donal O'Neary, »ich bin als der Sohn eines Bauern in der Gemeinde Tawnawilly in Donegal geboren. Mein Vater war bekannt dafür, gutes Getreide anzubauen. Es gab keine Ernte, bei der er nicht seine fünfhundert Garben Getreide einfuhr, und kein Frühling kam, an dem er nicht hundert Pferde zum Pflügen auf seine Äcker schickte. In jenem Jahr, von dem ich spreche, hatte mein Vater sein Korn schon in der Scheune, und wir wollten uns gerade für den Winter einrichten, als wir eines Morgens feststellten, daß über Nacht mehrere Garben aus der Scheune verschwunden waren. Am nächsten Morgen waren wieder einige Garben fort, und keiner wußte, wie das zuging. In der kommenden Nacht blieb ich wach und ging in die Scheune, um dort Wache zu halten. Es war aber die Samain-Nacht. Gut und schön. Ich hatte mir einen warmen Mantel angezogen. Etwa eine Stunde ging ich umher, ohne daß ich etwas Ungewöhnliches bemerkt hätte. Dann legte ich mich auf eine Garbe schlafen. Plötzlich hörte ich, wie sich ganz nahe bei mir etwas regte. Ich sprang auf und traute meinen Augen nicht. Vor einer Garbe standen mehrere kleine Männer, Feenmänner, und machten sich daran zu schaffen. Aber nicht nur dort waren sie am Werk, überall wimmelte es nur so von ihnen. Es mochten an die tausend sein. Ein jeder von ihnen war dabei, sich eine Ähre aus den Garben zu ziehen, und dann setzten sie sich darauf, so wie sich Kinder manchmal einen Spazierstock als Steckenpferd zwischen die Beine nehmen, und sie riefen: ›Auf, auf, du gute braune Stute. Auf und davon mit uns!‹ Bald war von einer Garbe nicht eine Ähre mehr übrig, da griff auch ich mir einen Strohhalm, rief den Spruch, und sofort befand ich mich mitten unter ihnen, die da in Blitzesschnelle auf ihren Zauberpferden durch die Luft eilten. Sehr bald erreichte der Reiterzug das Himalajagebirge in der östlichen Welt. Auf ein Wort des Anführers öffnete sich die Wand des Gebirges, und alle drängten hinein, ehe der Berghang sich mit Getöse wieder schloß.

Solch einen gewaltigen Raum hatte ich noch nie gesehen. Es gab eine Halle, in der man sich zum Essen setzte, die war so lang wie eine Meeresbucht. Die Tische maßen mehrere Meilen; es brannten tausende von Kerzen, und jedes nur vorstellbare Gericht und Getränk standen bereit. Wir setzten uns, aßen und tranken, und dann spielten Hunderte von Fiedlern und Pfeifern zum Tanz auf. Die Feenkönigin, eine wunderschöne Frau, die oben am Tisch saß, forderte mich auf, mit ihr zu tanzen. Ich wollte ablehnen, sagte, es sei schon spät in der Nacht, ich müsse heim, sonst würden sie mich vermissen.

›Aber die Nacht ist noch jung‹, antwortete sie mir, ›und außerdem scheint doch der Mond hell. Wir wollen einen Reel zusammen tanzen, damit mein Volk diesen Tanz lernt. Danach steht ein Pferd bereit, das dich heimträgt, so rasch, daß dir Hören und Sehen vergehen wird.‹

Es war unmöglich, zu einer solch freundlichen Aufforderung nein zu sagen, und ich will gern zugeben, daß ich auch nicht die geringste Lust dazu hatte. Die Tanzfläche wurde geräumt, und die anderen Gäste stellten sich am Rand im Kreis auf. Ein guter Tänzer bin ich immer gewesen – auch wenn ich mich jetzt auf diese Weise selbst lobe –, aber nie zuvor war ich so gut in Form wie in dieser Nacht. Aber wenn ich gut tanzte, so tanzte die schöne Königin noch tausendmal besser. Ein solches Paar wie wir beide – um das zu sehen, hätte es sich gelohnt, den langen Weg auf den Knien hin- und zurückzurutschen. Wir tanzten etwa eine Stunde und endeten mit einer tiefen Verbeugung, die das Herz eines jeden, der zusah, leicht schmerzen ließ, so schön fanden es alle. Die Zuhörer klatschten so lange, bis ihnen die Hände taub wurden. Und als sie mich entließ, geschah dies nicht, ohne mir zuvor das Versprechen abgenommen zu haben, in der kommenden Nacht wieder mit ihr zu tanzen. Sie übergab mich dann einem der kleinen Männer, der mich nach draußen geleitete und mir eine braune Stute zuführte. Die Feenmänner sagten mir, ehe ich aufbrach, ich solle nur wiederkommen, wann immer ich dazu Lust hätte. Die Königin habe Gefallen an mir gefunden. Somit sei ich unter dem kleinen Volk immer willkommen.

Ich dankte ihnen, gab meinem Pferd die Sporen, und im Handumdrehen landete ich wieder vor der Scheune meines

Vaters. Als ich nun mein Pferd in den Stall führen wollte, stellte ich fest, daß ich nur einen Strohhalm in den Händen hielt. Das war der erste Schreck. Auf ihn folgte sogleich ein zweiter. Als ich auf das Haus zuging, war es nicht das strohgedeckte Haus meines Vaters, das mir vertraut war, sondern ein dreistöckiges Herrenhaus mit einer großartigen Auffahrt. Ein großer Hund, der an der Kette lag, wollte auf mich losgehen. Glücklicherweise war die Kette nicht lang genug, sonst hätte mich der Hund samt der Schuhnägel in Stücke gerissen. So bellte er nur laut genug, um die Toten eines ganzen Friedhofes aus den Gräbern aufzuscheuchen. Bald ging oben ein Fenster auf, und ein Mann mit Nachtmütze und mit einem Gewehr in der Hand zeigte sich und rief, wer es denn wage, sich seinem Haus zu nähern! Noch einen Schritt weiter, und er werde mir das Hirn aus dem Kopf blasen. Ich rannte, so rasch ich konnte, davon und begriff die Welt nicht mehr. Nachdenklich geworden, wanderte ich bis zum Morgen umher, und obwohl ich jedes Feld, jeden Bach kannte, gab es auch nicht ein Haus oder eine Hütte, die mir vertraut vorkamen. Auch von den Leuten, die mir nach Tagesanbruch begegneten, kannte ich niemanden. Ich faßte mir schließlich ein Herz und fragte jemanden, der des Wegs kam, ob dies der Flecken Tawnawilly sei.

Der Mann starrte mich an und fragte: ›Gewiß doch, Fremder, aber wo kommt Ihr denn her?‹

›Wie … Fremder?‹ antwortete ich, ›ich bin Donal O'Neary, Sohn des alten Donal M'Or O'Neary, des reichsten Bauern in der Gemeinde.‹

Seine Augen weiteten sich, er sah mich an, schüttelte den Kopf und rannte dann eiligst davon.

Ich dachte, daß ich wohl verrückt geworden sei. Ich betrat eine alte Hütte, deren Aussehen mir noch vertraut erschien. Dort traf ich einen sehr alten Mann vor dem Feuer, an die neunzig war er bestimmt. Den fragte ich, wo Donal O'Neary in Tawnawilly wohne. Er sah mich verwundert an, dann besann er sich und sagte schließlich: ›Ja, es gab einmal jemanden dieses Namens hier am Ort. Mein Vater, der schon lange tot ist, hat mir da einmal eine merkwürdige Geschichte erzählt, von einem gewissen Donal M'Or O'Neary, der fünfzig Jahre, ehe er selbst geboren wurde, gelebt hat und einen Sohn gehabt haben soll, der am Samain-Abend verschwunden ist und nie wieder auftauchte. Der alte Donal M'Or O'Neary hat noch zwanzig Jahre gelebt, dann ist er an gebrochenem Herzen gestorben. Handelt es sich denn um eine Erbschaft, oder weswegen interessiert Euch das? All das liegt etwa zweihundert Jahre zurück, müßt Ihr wissen!‹

Während der Alte mir das erzählte, blickte ich zufällig in einen Spiegel. Und was sah ich da? Nicht den jungen Mann, den zu sehen ich gewohnt war, sondern einen weißhaarigen Alten mit hundert Runzeln im Gesicht.

Um eine lange Geschichte abzukürzen: Die guten Leute von Tawnawilly kamen zu dem Schluß, ich müsse ein armer Kerl sein, dessen Sinne sich verwirrt hätten. Sie flüsterten hinter meinem Rücken, wo immer ich mich zeigte. Das hielt ich schließlich nicht mehr aus. Ich borgte mir Geld, kaufte mir einen Packen Waren und reise seither als Hausierer durch die Welt, bis mich der Sturm hier vor Eure Tür führte.«

»Ja nun«, sagte Donal O'Donnell, »schon Donal O'Shearys Geschichte war gewiß wunderbar, aber ich muß zugeben, Eure ist noch ungewöhnlicher. Sorcha, auch dieser Mann bekommt das beste Abendessen, das dieses Haus je gesehen hat, und ein warmes und weiches Bett für die Nacht. Er hat es verdient.«

»Ich danke Euch«, sagte Donal O'Neary.

»Es tut mir leid«, sagte Donal O'Donnell darauf zu dem Mann, der sich Donal O'Leary nannte, »ich fürchte, Ihr werdet Euch verabschieden müssen. Ich kann Vagabunden und Hausierer nicht ausstehen. Ich dulde sie nicht unter meinem Dach. Es sei denn, es läge ein besonderer Grund vor, sie zu beherbergen.«

»Und wenn ich Euch nun einen besonderen Grund liefern würde?« fragte Donal O'Leary.

»Wie wollt Ihr das anstellen, Mann?« fragte Donal O'Donnell.

»Indem ich Euch etwas erzähle. Etwas so Seltsames, daß Ihr Euch gewiß wundern werdet.«

»Ihr habt es nicht leicht, Mann, nachdem schon zwei höchst wunderbare Geschichten erzählt worden sind. Aber wenn es Euch dennoch gelingt«, sagte Donal O'Donnell, »dann dürft Ihr ebenfalls bleiben.«

»Nun gut«, sagte Donal O'Leary, »dann hört mir jetzt zu.«

Donal O'Learys Geschichte

»Als ich ein junger Mann war«, begann er, »war ich der Sohn eines Bauern, der ein schönes Anwesen am weißen Strand von Teelin besaß. Es war zur Zeit der Ernte, und mein Vater und eine große Zahl von Knechten waren dabei, das Getreide zu mähen. Ich war auch unter ihnen und mähte von morgens bis abends. Schlag zwölf Uhr sprach mein Vater zu mir: ›Sohn, geh jetzt heim. Dies ist die Zeit, zu der deine Mutter das Essen für die Männer richtet. Du solltest ihr das Wasser holen, das sie in der Küche braucht.‹

Ich warf also meine Sense hin und lief heim. Meine Mutter gab mir zwei Eimer, und ich ging singend zu dem Brunnen am Strand, um Wasser zu schöpfen. Das Wasser dort kam mir so schön kühl und verlockend vor, daß ich meine Eimer absetzte, bis zu den Knien hineinwatete und mich niederbeugte, um zu trinken. Da sah ich als Spiegelbild im Wasser des Brunnens den Strand, und vom Meer her kam ein Boot gefahren. Ich sprang auf, und da fuhr der Kiel des Bootes knirschend auf den Sand. Ich rannte hin. Das Boot war leer. Wie merkwürdig, dachte ich. Ich stieg in das Boot, um es näher zu untersuchen, aber ehe ich mich versah, glitt das Boot schon davon.

Es war eine sanfte, angenehme Bewegung. Ich fühlte mich nicht ein bißchen beunruhigt, vielmehr stand ich wie unter einer Art Zauber. Teelins Strand blieb zurück, die Hügel auch, und selbst die hohen Gebirge von Sliabh Liag versanken unter dem Horizont. Drei Tage und drei Nächte glitt ich mit dem Boot durch die Wellen. Ich empfand keinen Hunger und keinen Durst. Selbst die Einsamkeit spürte ich nicht. Am Abend des dritten Tages hob sich ein schönes, grünes Land aus dem Wasser, und kurz darauf lief mein Boot auf einen strahlend weißen Strand.

Ein gewaltiges Schloß mit hohen Türmen erhob sich auf einem grünen Hügel. Ich sprang aus dem Boot und lief zu dem Gebäude. Die Tür zur Halle stand weit offen. Ich ging hinein und befand mich unter einem Dutzend der schönsten Frauen, die ich je gesehen habe. Einige kämmten sich das Haar, andere beschäftigten sich mit Stickereien. Wieder andere schwatzten. Und eine Musik erklang, wie sie gewiß noch kein Sterblicher je gehört hatte.

Es war aber da ein Mädchen, das dünkte mich noch schöner oder liebenswerter als die anderen. Sie saß auf einem goldenen Thron am Ende der Halle, um sie standen dreizehn andere Frauen herum, eine immer schöner als die andere.

Die schöne Frau winkte mich zu sich heran. Sie hieß mich auf einem silbernen Thron Platz nehmen und erklärte mir, ich sei hier auf der Insel der schönen Frauen. Sie redete mir zu, und ich vergaß Minuten und Stunden, saß nur da, in eine Wolke von Freude eingehüllt und hörte ihr zu.

Sie gestand mir, daß sie und ihre Frauen schon seit langem auf mich gewartet hätten und daß sie ein Zauberboot zum Strand von Teelin gesandt habe, um mich zu ihnen bringen zu lassen.

Als es Nacht wurde, führte man mich in einen sehr großen Raum. Dort stand ein Bett, in dem ich fast versank, und kein Lager, das ich auf Erden gekannt hatte, war so weich. Darin schlief ich fest und tief bis zum nächsten Morgen.

Auch am nächsten Tag saß ich neben der Königin. Sie saß auf einem Thron aus Gold, ich hingegen auf einem Thron aus Silber. Die schönen Mädchen tanzten und sangen, und wir verbrachten den Tag in verliebter Unterhaltung, und die Zeit verging wie im Fluge.

Es folgten drei Wochen voller Seligkeit, und nach Ablauf dieser Zeit heirateten wir. Es war eine Hochzeit, so großartig und glanzvoll, wie sie selbst im Himmel nicht hätte gefeiert werden können. Das Fest dauerte neun Tage und neun Nächte, und der letzte Tag und die letzte Nacht übertrafen die Tage und die Nächte zuvor.

Die Schönheit dieser Insel übertraf alles, was man sich je erträumen kann, und die Tage verstrichen, einer immer angenehmer als der andere. Vögel mit Gefieder in den Farben des Regenbogens sangen in den Zweigen, auf den Bäumen wuchsen köstliche Früchte, und die Blumen im Talgrund standen so dicht, wie bei uns das Heidekraut im Gebirge.

Jeden Tag schien die Luft über der Insel heller und leuchtender zu werden. Ich empfand nie Sorge oder Furcht, sondern war froh und glücklich wie ein Vogel, der auf dem höchsten Ast sitzt und freudig singt.

Monate vergingen. Dann waren es Jahre. Fünfzehn Kinder wuchsen heran, heirateten, bekamen selbst Kinder, eines immer schöner als das andere. Das Seltsame war: So viele da auch zur Welt kamen – nicht ein einziges starb. Alle wuchsen sie zu jungen Männern und Frauen heran, denn niemand, der auf der Insel lebte, wurde älter, wenn er das zwanzigste Lebensjahr erreicht hatte.

Als ich hundert Jahre auf der Insel gelebt hatte, schien es mir, als seien es zehn gewesen. Als ich dreihundert Jahre dort war, wollte ich glauben, daß es zwanzig gewesen seien – so schön war ein jeder Tag.

Als dann dreihundert Jahre herum waren, kam in mir die Sehnsucht auf, Teelins weißen Strand einmal wiederzusehen. Ich sprach mit meiner Frau darüber, sagte ihr, nur eine Stunde wolle ich Irland wiedersehen. Zunächst wollte sie mich nicht ziehen lassen, aber als sie merkte, wie viel mir dieses Wiedersehen bedeutete, gab sie nach.

Sie ließ das Zauberboot richten. Sie umarmte mich und küßte mich und sprach zu mir: ›Fahre mit dem Boot an Teelins weißem Strand vorüber. Sieh ihn dir aus der Ferne an, aber hüte dich, einen Fuß auf Irlands Erde zu setzen.‹ Ich versprach, mich an ihre Warnung zu erinnern, und segelte davon. Ich fuhr drei Tage und drei Nächte, und an einem schönen Morgen näherte ich mich dem weißen Strand meiner irischen Heimat.

Ich hielt mich draußen auf See, bis ich plötzlich am Strand den Brunnen sah. Da erfaßte mich ein Sehnen, dem ich nicht widerstehen konnte. Ich erinnerte mich an die Warnung meiner Frau, aber das Verlangen überwältigte mich. Ich ging an Land, rannte zu dem Brunnen, trank etwas Wasser und war zufrieden und glücklich. Ich glaubte, für ein paar hundert Jahre werde mich nun das Heimweh nicht mehr heimsuchen.

Ich wollte zurück zu meinem Boot. Da stolperte ich über etwas. Es waren zwei Wassereimer, die irgend jemand mitten auf dem Weg zurückgelassen hatte. Als ich mich wieder hochgerappelt hatte, war das Boot verschwunden.

Dann fiel es mir wieder ein: ›Ach, ich Dummkopf, das sind die Eimer, die ich vor dreihundert Jahren hier zurückgelassen habe!‹ Ich starrte sie fassungslos an, bis ich plötzlich eine schrille Stimme hörte: ›Donal, brauchst du eigentlich den ganzen Tag, nur um zwei Eimer Wasser zu schöpfen?‹ Es war die Stimme meiner Mutter. Immer noch wie im Traum, nahm ich die Eimer auf, schöpfte Wasser, und wie ein Schlafwandler trug ich sie den Pfad hinauf zu unserem Haus. Und ich hörte meine Mutter schimpfen.

›Das ist doch eine Schande. Ein junger Mann braucht zehn Minuten, um Wasser aus einer Quelle zu holen, die hundert Meter weit entfernt ist.‹

Nun, nach und nach kam ich zu mir, und als ich zu erklären versuchte, was ich erlebt hatte, meinten alle, ich sei verrückt geworden. Mit der Zeit bekam ich von den kleinen Kindern einen Spottnamen. Sie nannten mich ›den wandernden Mann‹. So viele Hänseleien hatte ich zu erdulden, daß ich mir von meinem Vater etwas Geld erbat. Davon kaufte ich mir, was ich brauchte, um dem Gewerbe eines Hausierers nachzugehen. Ich schulterte meine Last und machte mich auf und davon. Und ein Hausierer bin ich geblieben, bis zu dem Augenblick, da mich der Sturm heute Abend vor Eure Tür trieb. Das ist meine Geschichte!«

»Ja«, sagte Donal O'Donnell, »ich habe immer geglaubt, das, was mir im Leben zugestoßen ist, sei wunderbar. Ich hielt die Geschichte, die Donal O'Sheary erzählt hat, für höchst ungewöhnlich, aber sie wurde noch von dem übertroffen, was wir von Donal O'Neary gehört haben. Nun, was Ihr, Donal O'Leary, erlebt habt, sei es nun wahr oder gut erfunden, ist doch die erstaunlichste Geschichte, die sich denken läßt. Ihr habt Euer Abendessen und ein weiches Nachtlager mehr als verdient. Von nun an werde ich auch nie mehr einen Hausierer oder Wanderarbeiter von der Tür weisen. Wer weiß, vielleicht klopft einmal einer an, der eine noch sonderbarere Geschichte zu erzählen weiß als ihr drei, und die möchte ich mir nicht entgehen lassen.«

Die drei Männer dankten dem Hausherrn.

Die Nacht war stürmisch, der Wind heulte um die Hausecken als spiele der Teufel Fangen. Die Schindeln auf dem Dach klapperten. Aber die drinnen um das Feuer saßen, beschlossen, sich darum nicht zu kümmern. Für sie wurde es eine angenehme, eine behagliche Nacht. Sie teilten diese

Nacht in drei Teile. Der erste Teil war dem Essen und Trinken gewidmet, der zweite Teil dem Geschichtenerzählen, der dritte Teil aber dem Schlaf. Eine so herrliche Nacht, mußte sich Donal O'Donnell eingestehen, hatte er in seinem ganzen Leben noch nicht erlebt.

Der Morgen kam, und sie frühstückten tüchtig. Die drei Gäste schüttelten den Gastgebern die Hand und schulterten dann ihre Lasten. Sie gingen davon in einen Morgen, an dem die Sonne den Nebel fortleckte. Donal O'Donnell aber blieb mit dem Wunsch zurück, es möchten bald wieder Hausierer und Vagabunden an seiner Tür anklopfen.

Und das ist die Geschichte, die man »Die Wunder der drei Donals« nennt.

Lantrys neues Haus

Lantry M'Cluskey hatte eine Frau genommen, und natürlich mußte er nun auch ein Haus haben, um mit ihr irgendwo zu leben. Nun hatte sich Lantry ein Stück Bauernland gekauft, an die sechs Morgen, aber es stand kein Haus darauf. Da entschloß er sich, eines zu bauen; und weil es so komfortabel wie möglich sein sollte, suchte er als Bauplatz eine jener schönen Erhebungen aus, von denen man sagt, sie seien Tanzplätze der Feen.

Man warnte Lantry. Aber er war ein eigensinniger Mann und kannte keine Furcht. Er sagte, einen so hübschen Platz zum Hausbau werde er sobald nicht wieder finden, und wenn er alle Feen in ganz Europa gegen sich aufbringe, hier und nirgendwo anders wolle er seine vier Wände errichten. Er machte sich also ans Bauen und brachte es auch gut zu Ende. Und wie es üblich ist von alters her, lud er seine Freunde und Nachbarn darauf unter das neue Dach ein. Lantry hatte im Lauf des Tages seine Frau in das neue Haus geholt. Er hatte einen Fiedler bestellt und eine Menge Whiskey gekauft, und am Abend sollte getanzt werden.

Gut und schön. Dagegen war nichts einzuwenden. So gehört sich's!

Der Spaß und die Ausgelassenheit hatten alle Gäste erfaßt, als man, nachdem die Dunkelheit hereingebrochen war, ein merkwürdiges Geräusch vernahm.

Es hörte sich an, als zerbrächen langsam, aber sicher die Dachbalken. Ein Krachen und Knarren, ein Zerren und Splittern war das, als seien Tausende kleiner Männer dabei, das Dach zum Einsturz zu bringen.

»Nur zu«, sagte eine Stimme, die in befehlendem Ton sprach, »legt euch ins Zeug: ihr wißt, ehe es Mitternacht wird, muß Lantrys Haus eingerissen sein!«

Das war eine unangenehme Neuigkeit für den guten Lantry. Er machte sich nun klar, daß er seine Feinde unterschätzt hatte. Und wenn man das weiß, dann hilft nichts, als zu kapitulieren. Also trat er vor die Feen hin und redete sie so an: »Meine Herren, ich bitte euch sehr untertänigst um Entschuldigung, daß ich auf einem Grundstück, das euch gehört, ein Haus habe errichten lassen. Wenn ihr aber so freundlich sein wolltet, mich heute nacht nicht weiter zu behelligen, so verspreche ich, es morgen abzureißen und es anderswo wieder aufbauen zu lassen.«

Auf diese Rede folgte ein Geräusch gleich dem Klatschen tausend kleiner Hände, und der Ruf wurde laut: »Bravo, Lantry! Bau auf halbem Weg zwischen den beiden Weißdornhecken und dem kleinen Hügel.«

Nach einem weiteren Freudenruf und dem Geräusch sich entfernender Schritte wurde es mucksmäuschenstill.

Die Geschichte aber ist hier noch nicht zu Ende, denn als Lantry die Grube für das Fundament des neuen Hauses aushob, fand er eine Kiste voller Gold, und also wurde er dadurch, daß er den Tanzplatz der Feen räumte, reicher, als er es je auf andere Art und Weise geworden wäre.

Gulisch, der Junge auf dem Zauberpferd

Es war einmal ein Junge in Mayo, im Wilden Westen von Irland, der hörte auf den Namen Gulisch. Nicht weit von der Hütte, in der er wohnte, erhob sich ein kleiner Hügel. Rings um den Hügel wuchs hohes Gras. Das Gras war immer grün, Sommer wie Winter. Das deutete darauf hin, daß im Inneren des Hügels Feen ihre Wohnstatt hatten. Eines Abends nun stand Gulisch vor der Hütte und sah hinauf zum Himmel. Er betrachtete den schönen, weißen Mond. Es wurde ihm ganz sehnsuchtsvoll dabei. Nach einer Weile sprach er zu sich selbst: »Ach, wie schade ist es doch, daß ich noch nie von hier fortgekommen bin. Zu gern würde ich einmal etwas von der weiten Welt sehen. Du hast es gut, weißer Mond. Du läufst über den Himmel, schaust hierhin und dorthin, und niemand kann es dir verwehren. Ich wünschte, ich wäre nur einmal an deiner Stelle.«

Kaum hatte er diese Worte vor sich hingemurmelt, da erhob sich vor ihm und hinter ihm, über ihm und unter ihm großer Lärm. Es war, als ob viele Leute beieinander wären, redeten, lachten und ihren Spaß hätten.

Das Geräusch kam heran wie ein Windstoß. Gulisch horchte. Es schien im Inneren des kleinen Hügels nahe seiner Hütte zu verschwinden.

»Bei meiner Seele«, sagte Gulisch, »dort haben es welche lustig. Warum soll ich nicht hingehen und mit ihnen meinen Spaß haben?«

Er kletterte auf die Hügelkuppe. Sogleich gab oben der Boden unter seinen Füßen nach. Und als er wieder wußte, was ihm geschah, befand er sich in einer geräumigen Halle im Inneren des Hügels. Er stand mitten unter dem Feenvolk. Dort herrschte gerade Aufbruchstimmung. Die Feen liefen aufgeregt durcheinander, und alle riefen: »Mein Pferd, mein Zaumzeug und meinen Sattel!«

»Wenn's weiter nichts ist«, sagte sich Gulisch, »vielleicht kann ich da mittun.« Und ohne lange zu überlegen, rief auch er aus vollem Hals:

»Mein Pferd, mein Zaumzeug und meinen Sattel.«

Sogleich war ein prächtiges Pferd zur Stelle. Das Zaumzeug war aus Gold und der Sattel aus Silber. Gulisch zögerte nicht lange. Er schwang sich in den Sattel. Und jetzt sah er, daß die ganze Halle voller Pferde war und die Feen sich zu einem Ritt rüsteten. Einer von ihnen fragte ihn: »Bist du heute Nacht auch mit dabei, Gulisch?«

»Mit Freuden gern«, antwortete er.

»Wenn du Spaß daran hast, nur zu«, sagte der kleine Mann.

Schon ritten alle aus. Sie ritten so rasch wie der Wind, schneller als das schnellste Pferd der Sterblichen auf einer Jagd, schneller noch als der Fuchs, dem die Hunde auf den Fersen sind.

Bald überholten sie den kalten Herbstwind, der vor ihnen herraste. Und nicht eher hielten sie inne auf ihrem tollen Ritt, bis sie an die Küste kamen. Da rief einer unter dem Feenvolk: »Jetzt gilt's einen großen Sprung! Nur Mut!«

Und im gleichen Moment schwebten sie auch schon durch die Luft über dem Meer. Ehe aber Gulisch recht bewußt war, wie gefährlich es zuging, ritten sie wieder über Land dahin, schneller als der Wind und all seine Bräute.

Schließlich hielten sie an, und ein Mann aus dem Feenvolk sprach zu dem Jungen: »Gulisch, weißt du überhaupt, wo wir sind?«

»Ich habe keine Ahnung«, antwortete der Junge.

»Wir sind in Frankreich«, erklärte ihm der kleine Mann, »die Tochter des Königs von Frankreich soll heute heiraten. Sie ist das schönste Mädchen unter der Sonne. Wir wollen sie entführen. Sie soll eine der Unsrigen werden. Komm jetzt mit uns aufs Schloß. Wenn wir wieder fortreiten, so nimm sie hinter dich auf das Pferd. Hinter uns Feenmännern darf kein Sterblicher sitzen. Du aber bist von Fleisch und Blut. An dir kann sie sich festhalten und wird nicht herabstürzen, wenn es wieder heimgeht in toller Jagd. Bist du zufrieden mit diesem Abenteuer, Gulisch? Und wirst du auch tun, was ich dir gesagt habe?«

»Oh, so ein Abenteuer ist schon lange nach meinem Sinn gewesen«, sagte Gulisch lachend, »also, zufrieden bin ich. Und was du mir befiehlst, will ich gern tun, sofern es mich nicht Kopf und Kragen kostet.«

Sie stiegen von ihren Pferden, und einer der kleinen Männer sprach ein Wort, das Gulisch nicht verstand. Im Augenblick wurden sie hochgehoben, und kurz darauf fand sich Gulisch samt seinen Gefährten in einem Palast wieder. Dort wurde ein großes Fest gefeiert. Es gab keinen Edelmann, keinen Ritter und Grafen im ganzen Land, der dabei gefehlt hätte. Alle Leute waren in Seide gekleidet und trugen viel Gold und Silber an ihren Hosen, Schuhen und Jacken. Die Nacht war so hell von all den Lampen und Kerzen, die da brannten, daß Gulisch erst einmal für eine Sekunde die Augen schließen mußte, weil er ganz geblendet war von all dem Funkeln, Glitzern und Glänzen.

Hundert Tische waren gedeckt, und auf jedem Tisch standen Speisen und Getränke im Überfluß. Fleischkuchen gab es da, und anderes Fleisch, das in süßsaurer Soße schwamm. Wein und Bier und noch viel mehr Getränke, von denen Gulisch den Namen nicht kannte.

An beiden Enden der Halle saßen die Musikanten und machten die süßeste Musik, die je an das Ohr eines Menschen gedrungen ist.

In der Mitte der Halle sah man junge Frauen und Männer, die drehten sich so geschickt und geschmeidig im Tanz, daß es Gulisch ganz schwindlig wurde, als er ihnen zusah.

Es gab aber auch noch Spaßmacher und Feuerschlucker, Zauberkünstler und Clowns. Solch ein Fest wie das, welches da gefeiert wurde, hatte Frankreich seit zwanzig Jahren nicht mehr erlebt.

Der alte König besaß nur diese eine Tochter. Das Mädchen sollte in dieser Nacht den Sohn eines anderen Königs heiraten. Da wollte sich ihr Vater nicht lumpen lassen.

Drei Tage und zwei Nächte war das Fest schon im Gange, und jetzt, in der dritten Nacht, sollte die Trauung sein. Gulisch und seine Gefährten standen an jener Stelle der Halle beisammen, an der der Altar aufgebaut war. Und zwei Bischöfe liefen nervös vor dem Altar auf und ab und warteten nur auf die rechte Zeit, um die Prinzessin und den Königssohn zu verheiraten. Das Feenvolk und Gulisch aber konnte niemand sehen, denn als sie eintraten, hatte einer der Feenmänner ein Wort gesagt, das sie unsichtbar machte.

»Und welche ist nun des Königs Tochter?« fragte Gulisch, als er sich an all den Lärm und das grelle Licht gewöhnt hatte.

»Siehst du sie nicht?« sprach der kleine Mann, der auch schon vorher zu dem Jungen geredet hatte.

Gulisch schaute in die Richtung, in die der Wicht mit dem Finger wies. Und dort tatsächlich sah er ein so wunderschönes Mädchen, daß der Schlag seines Herzens für eine Sekunde stockte.

Rosen und Lilien stritten in ihrem Gesicht, und man hätte nicht sagen können, die Farbe welcher Blume den Sieg davongetragen hatte. Ihre Arme und Hände waren weiß wie Schnee, ihr Mund so rot wie eine Erdbeere, die reif ist, ihr Fuß so schmal und fein wie bei anderen Leuten vielleicht die Hand. Ihr langes Haar fiel ihr bis über die Schultern. Ihre Kleider waren aus Gold und Silberfäden. Der Stein, den die Ringfassung an ihrem Finger hielt, erstrahlte wie die Sonne.

Gulisch war ganz verwirrt von soviel Schönheit, aber als er genauer hinsah, erkannte er, daß das schöne Mädchen weinte.

»Wie geht das an«, sagte er bei sich, »alle vergnügen sich, und sie ist so traurig!«

»Sie hat allen Grund dazu«, ließ sich der kleine Mann wieder vernehmen, »sie soll gegen ihren Willen verheiratet werden. Sie empfindet keine Liebe für den, der ihr Ehemann werden soll. Der König wollte sie schon vor drei Jahren verheiraten. Damals war sie fünfzehn. Sie hatte ihm erklärt, sie sei noch zu jung, und Aufschub verlangt. Aber heute Abend wird sie achtzehn, und nun muß sie heiraten, ob sie will oder nicht. Nun, sie soll heiraten«, schloß er und verzog seinen Mund zu einer häßlichen Grimasse, »aber nicht diesen Königssohn.« Gulisch tat das arme Mädchen leid.

Ob nun der Königssohn aus dem fremden Land oder einer von den kleinen grünen Männern, mit denen er hergeritten war – keiner schien ihm der rechte Ehemann für das schöne Kind.

Er dachte nach, was er denn tun könne, um das Mädchen zu retten.

Warum bin ich nur so dumm, dürr und stumpf, schimpfte er in Gedanken, warum fällt mir nichts ein, um ihrem Kummer ein Ende zu machen?

Er sah wieder zu ihr hin, als gerade der Königssohn auf sie zutrat und einen Kuß haben wollte. Sie aber wandte den Kopf wütend ab. Ihr Freier faßte sie bei der Hand und zerrte sie hinter sich drein zur Tanzfläche.

Als der Tanz nun zu Ende war, traten der alte König, ihr Vater, und ihre Mutter, die Königin, vor und erklärten, nun sei es an der Zeit, den Ehebund zu schließen. Der Bischof stehe bereit, um ihr den Ring an den Finger zu stecken und sie mit dem Königssohn aus dem anderen Land zu vermählen.

Der König nahm den Prinzen bei der Hand und die Königin ihre Tochter, und zusammen gingen sie zum Altar. Die Grafen, Herzöge, Ritter und Edelleute folgten. Ehe sie aber den Altar erreicht hatten, streckte einer der Feenmänner, die unsichtbar waren, seinen Fuß vor.

Das Mädchen stolperte und stürzte zu Boden. Ehe es sich wieder aufrappeln konnte, warf der Feenmann etwas, das er in der Hand hielt, über sie. Dazu murmelte er ein paar Worte.

Sogleich war das Mädchen verschwunden.

Die kleinen Männer hoben die Prinzessin auf und trugen sie aus der Halle. Das gab ein Geschrei, ein Klagen und Sichwundern, ein Suchen und Fragen unter den Gästen auf dem Fest, als die Königstochter vor ihrer aller Augen so plötzlich verschwunden war. Aber die Feen trugen sie aus dem Palast, ohne daß irgend jemand sie hätte hindern können, und draußen riefen sie alle wieder: »Mein Pferd, mein Zaumzeug und meinen Sattel!«

Auch Gulisch rief diese Worte, und sogleich stand das Pferd für ihn bereit. »Nun spring auf, Gulisch«, sagte einer der Feenmänner, »und wir werden das schöne Mädchen bei dir hintenauf setzen. Sie soll sich an dir festhalten. Und dann nichts wie davon, denn der Morgen ist nicht mehr weit.«

So geschah es. Und als nun Gulisch merkte, daß das Mädchen wie im Traum seine Arme um seinen Leib legte, befahl er dem Pferd loszugaloppieren. Auch die anderen Reiter setzten sich in Bewegung. Im Nu waren sie wieder an der Küste. »Jetzt gilt's einen großen Sprung! Nur Mut!« hörte Gulisch dort die Feenmänner neben sich rufen. Auch er stieß jenen Satz hervor. Im selben Augenblick sprang sein Pferd so hoch in die Luft, daß sie oben durch die Wolkendecke stießen. Und herab kamen sie erst wieder, als die Grüne Insel unter ihnen lag.

Sie hielten nicht inne, sondern ritten eilig weiter bis zu dem Ort, an dem sich der kleine Hügel erhebt und nebenan die Hütte steht, in der Gulisch zu Hause war.

Als sie dort ankamen, drehte sich Gulisch um, nahm das Mädchen in seine Arme und hob es vom Pferd.

»Ich rufe den Namen Gottes an und bekreuzige mich!« rief er dabei aus.

Kaum waren diese Worte aus seinem Mund, so sank das Pferd in sich zusammen und verwandelte sich in eine rostige Pflugschar, aus der es die Feen gezaubert hatten. Und auch die übrigen Pferde des Feenvolkes wurden im Augenblick wieder in das zurückverwandelt, was sie ursprünglich gewesen waren. So ritt einer der Feenmänner plötzlich einen alten Besen, ein anderer einen Spatenstiel. Ein dritter saß auf dem Ast einer Schierlingstanne. Die Feen aber wurden wütend, als sie merkten, daß Gulisch sie hereingelegt hatte, und einer rief: »O Gulisch, du Clown, du Dieb, möge dir böse vergolten werden, daß du an uns so treulos gehandelt hast.«

Aber sie hatten keine Macht mehr über ihn und das Mädchen, nachdem das Kreuz geschlagen und der Segen gesprochen worden war.

»O Gulisch«, schimpften die Feenmänner, »das ist nicht recht. Böse dankst du uns, daß wir dir gefällig waren und dein Wunsch in Erfüllung ging, in die Ferne zu reisen.«

»Er soll keine Freude haben an dem Mädchen«, schrie jener kleine Mann, der schon vor dem Palast zu ihm gesprochen hatte, und er beugte sich rasch zu dem Mädchen herüber und berührte sie an der Stirn. »Das hast du nun davon, Gulisch. Stumm soll sie sein für immer.«

Nachdem er das gesagt hatte, streckte er wie bannend beide Hände aus. Noch ehe Gulisch etwas antworten konnte, waren alle Feenmänner im Inneren des Hügels verschwunden.

Gulisch wandte sich dem Mädchen zu.

»Nur Mut«, sagte er, »die sind wir wenigstens erst einmal los. Oder wärest du lieber bei ihnen geblieben als bei mir?«

Das Mädchen gab keine Antwort.

Sie wird noch Angst haben, dachte sich Gulisch, und weiter sprach er:

»Es tut mir leid, aber du wirst diese Nacht in meines Vaters Haus verbringen müssen. Wenn es irgend etwas gibt, was ich für dich tun kann, so laß es mich wissen. Es soll sofort geschehen.«

Das schöne Mädchen blieb stumm. Es waren Tränen in ihren Augen. Ihr Gesicht war erst ganz weiß gewesen, dann wurde es rot.

»Meine Schöne«, sprach Gulisch, »sag doch nur, was ich für dich tun kann. Ich gehöre nicht zu den Feenmännern, die dich mit sich fortschleppen wollten. Ich bin eines ehrlichen Bauers Sohn. Und ich ritt mit ihnen, ohne zu wissen, was sie vorhatten. Sobald ich kann, werde ich dich zu deinem Vater zurückschicken. Und nun bitte, sag mir offen heraus, was du von mir erwartest.«

Er sah ihr ins Gesicht. Er sah, wie sie den Mund bewegte, als wolle sie sprechen. Aber sie brachte kein Wort heraus.

»Es kann doch nicht sein, daß sie stumm ist«, sagte Gulisch, »habe ich sie nicht noch heute Nacht im Palast des Königs reden gehört? Das muß das Werk dieses tückischen kleinen Burschen gewesen sein, der sie mit seiner Hand berührte.« Das Mädchen hob jetzt ihre Hand und deutete mit dem Finger auf ihren Mund. Sie gab zu verstehen, daß sie nicht sprechen könne, und Tränen rannen in kleinen Bächen über ihre Wangen. Auch Gulischs Augen blieben nicht trocken, denn wenn er auch ein kräftiger und mutiger Bursche war, so hatte er doch ein weiches Herz und hielt es nicht aus, das arme Mädchen so unglücklich zu sehen.

Er begann darüber nachzudenken, was da zu tun sei.

Würden ihm seine Eltern den Ritt mit den Feen nach Frankreich hinüber glauben? Wohl kaum. Und was schlimmer war, wenn sie das Mädchen sahen, würden sie es bestimmt verspotten.

»Ehre sei Gott«, rief er schließlich aus, »aber jetzt weiß ich, was ich tun werde. Ich bringe das Mädchen in das Haus unseres Herrn Pfarrer. Der wird sich nicht weigern, das arme Ding aufzunehmen und für es zu sorgen.«

Er wandte sich wieder dem Mädchen zu und erklärte ihr, warum er sie doch nicht mit heimnehmen wolle und was er stattdessen vorhabe.

Sie nickte, offenbar, um ihm zu verstehen zu geben, daß sie damit einverstanden sei.

»Gehen wir zum Haus des Herrn Pfarrer«, sagte Gulisch, »er kennt mich. Er wird alles tun, worum ich ihn bitte.«

Als die Sonne eben aufging, kamen sie vor des Pfarrers Haus. Gulisch klopfte. Der Pfarrer sprang aus dem Bett und öffnete die Tür.

Er wunderte sich nicht schlecht, als er Gulisch mit dem schönen Mädchen sah.

Er dachte, sie seien gekommen, um sich trauen zu lassen. »Gulisch«, sprach er, »benimmt sich so ein anständiger Junge. Einen so zeitig aus dem Bett zu jagen! Das mit dem Heiraten hätte doch wohl noch bis zehn oder zwölf Uhr am Vormittag Zeit gehabt. Du solltest dich was schämen, mich zu dieser nachtschlafenen Zeit aus den Federn zu holen. Ach du meine Güte«, rief er dann aus, denn nun hatte er sich das Mädchen etwas genauer betrachtet und gesehen, wie schön sie war. »Im Namen Gottes, wen bringst du denn da an? Das ist doch keine Bauerstochter. Das ist niemand aus unsrer Gegend hier. Wer ist das? Und wo ist das Mädchen her?«

»Hochwürden«, sagte Gulisch zu dem Priester, »ich dachte immer, Ihr würdet mich und jeden anderen aus dem Dorf zu jeder Tages- und Nachtzeit verheiraten, wenn Not am Mann wäre, aber hier geht es gar nicht ums Heiraten. Ich bin nur hier, um Euch zu bitten, dieses junge Mädchen in Euer Haus aufzunehmen.«

Der Priester sah ihn an, als habe er zehn Köpfe statt einem auf der Schulter, aber ohne weitere Fragen zu stellen, ließ er das Paar eintreten, schloß hinter ihnen rasch die Tür, führte sie in die Wohnstube und hieß sie Platz nehmen.

»Nun Gulisch«, sagte er und runzelte die Stirn, »nun erzähl mir endlich, wer dieses Mädchen ist und wo es herkommt. Aus einer Bauernkate bestimmt nicht, das sieht man an ihren Händen und ihren Kleidern.«

»Ich lüge nicht, und dies ist kein Scherz«, antwortete Gulisch, »aber dieses junge Mädchen habe ich mit den Feen aus einem Land, das Frankreich heißt, fortgeholt ... Und so wahr ich Gulisch bin, ist sie die Tochter des Königs von Frankreich.«

Darauf begann er seine Geschichte und erzählte dem Pfarrer alles. Der war so erstaunt, daß er es hin und wieder nicht lassen konnte, die Hände über dem Kopf zusammenzuschlagen.

Als nun Gulisch davon berichtete, wie Zorn in ihm aufgestiegen sei, weil das Mädchen einen Mann habe heiraten müssen, den sie nicht liebte, sah er, wie sie errötete. Da war er ganz sicher, daß er richtig gehandelt hatte. Gulisch sprach weiter. Er bat den Pfarrer, das Mädchen doch in sein Haus aufzunehmen.

Das Mädchen könne bleiben, solange es wolle, sagte der Priester. Sie aber zu ihrem Vater zurückzubringen, das sei ihm leider nicht möglich. Erstens fehle es ihm an Geld dazu. Und zweitens wisse er nicht, wie man von Mayo aus nach Frankreich komme. Das wüßten wohl nur die Feen.

So verabredeten sie, der Pfarrer solle vorläufig sagen, das Mädchen sei seine Nichte. Sein Bruder habe sie aus einem anderen Teil des Landes zu ihm auf Besuch geschickt. Niemand solle vorerst erfahren, daß sie stumm sei, und man solle möglichst alle Leute, die zum Pfarrer ins Haus kämen, von ihr fernhalten.

Darauf ging Gulisch heim. Und als seine Leute ihn fragten, wo er denn gewesen sei und was er in dieser Nacht getrieben habe, erklärte er ihnen, er sei am Fuße des Feenhügels eingeschlafen.

Unter den Nachbarn des Pfarrers gab es einige Verwunderung über das schöne Mädchen, das plötzlich ins Haus gekommen war. Keiner wußte, was sie im Ort zu schaffen hatte. Einige Leute sagten, das gehe nicht mit rechten Dingen zu. Gulisch sei seit jener Nacht, in der sie gekommen sei, nicht mehr derselbe Mensch. Immerfort schleiche er zum Haus des Herrn Pfarrers, und Achtung und Respekt habe er vor dem Priester wie nie zuvor.

Tatsächlich verging kaum ein Tag, an dem Gulisch nicht zu dem Pfarrer ins Haus kam und sich mit ihm unterhielt. Er hatte immer noch im Stillen die Hoffnung, das Mädchen werde die Sprache wiederfinden. Aber es blieb stumm. Da war keine Hilfe.

Da sie nun mit Worten nicht miteinander sprechen konnten, erfanden sie sich eine ganz eigene Sprache, um sich dennoch zu verständigen. Das Mädchen machte Gesten mit den Händen, lächelte, nickte, schüttelte den Kopf und bewegte die Lippen, um so auszudrücken, was sie dachte und empfand.

Gulisch überlegte, wie es wohl einzurichten wäre, sie zu ihrem Vater nach Frankreich zu bringen. Niemand war da, der mit ihr hätte reisen können. Er selbst wußte den Weg auch nicht, da er ja niemals aus Mayo fortgekommen war, außer bei dem Ritt mit den Feen.

Auch der Herr Pfarrer wußte keinen Rat. Er schrieb drei-, viermal einen Brief an den König von Frankreich und gab diese Botschaften Kaufleuten mit, die von Ort zu Ort reisten und auch weit übers Meer fuhren. Aber keines der Schreiben gelangte ans Ziel.

So vergingen viele Monate.

Gulisch verliebte sich immer mehr in das schöne Mädchen. Und wenn sie auch nicht sprechen konnte, so machte sie ihm doch mit Gesten und mit Lächeln klar, daß auch sie ihn liebte.

Am Ende kam es dahin, daß Gulisch sogar fürchtete, der König von Frankreich könne nun doch noch erfahren, wo seine Tochter stecke und sie nach Frankreich zurückholen lassen. Er beschwor den Pfarrer, nicht mehr zu schreiben und statt dessen die Sache in Gottes Hand zu legen.

So verging ein ganzes Jahr. Es war der letzte Tag im Herbst. Der Zufall wollte es, daß Gulisch an diesem Abend wieder vor der Hütte seines Vaters stand und hinauf zum Himmel und zum weißen Mond sah.

»He«, sagte er bei sich, »vielleicht, daß heute Nacht wieder die Feen ausreiten. Und wenn sie wahrscheinlich auch immer noch wütend auf mich sind, ich will doch versuchen, mich ihnen anzuschließen. Vielleicht, daß ich ihnen ein Geheimnis entlocke und erfahre, wie es angehen könnte, daß die Tochter des Königs von Frankreich die Sprache wiederfindet.«

Gulisch streckte sich also im Gras am Fuße des Hügels aus. Die Nacht war es ganz ruhig. Kein Lüftchen regte sich. Kein Geräusch war zu hören außer dem Summen der Insekten und dem Geschrei der Wildgänse, die von See zu See zogen. Tausend und Abertausende heller Sterne stachen über seinem Kopf mit ihrem Licht in die Dunkelheit.

Er lag da an die zwei Stunden, und es wurde immer kühler. Er überlegte sich schon, daß die Feen sich wohl in dieser Nacht nicht mehr würden sehen lassen. Er wollte gerade aufstehen, ins Haus gehen und dort ins warme Bett kriechen, als er nicht weit von sich ein Geräusch vernahm, das immer näher kam.

Zuerst klang es wie das Anschlagen der Wellen an einer steinigen Küste. Dann war es wie ein Laut eines großen Wasserfalls und schließlich wie ein wilder Sturm, der durch die Wipfel der Bäume fährt. Am Ende brach der Hügel unter einem Wirbelwind mitten entzwei, als ob die Erde aus Glas sei. Drinnen aber sah man wieder die Halle, und in ihr vergnügten sich die Feenleute bei einem Fest. Alles ging so rasch, daß Gulisch fast vergaß, Atem zu schöpfen. Aber dann nahm er sich zusammen, überwand seinen Schrecken und horchte darauf, was das Feenvolk schwatzte.

»Mein Pferd, mein Zaumzeug und meinen Sattel!« schrien sie wieder alle durcheinander. Und Gulisch faßte sich Mut und rief so laut wie all die anderen: »Mein Pferd, mein Zaumzeug und meinen Sattel!«

Kaum hatte er das gerufen, sprach einer von den Feenmännern:

»Sieh da, Gulisch! Du wieder hier, mein Junge! Wie kommst du denn mit deiner schönen Frau zurecht? Heute Nacht rufst du vergebens nach einem Pferd. Uns legst du nicht mehr herein. Ich will zugeben, im letzten Jahr hast du uns ganz schön drangekriegt.«

»Ja damals«, rief ein zweiter, »einmal, aber nie wieder.«

»Was ist er doch für ein Schafskopf! Ein Mädchen mitzunehmen, das nicht einmal sagen kann ›Wie geht's?‹, sondern stumm wie ein Stein ist.«

»Vielleicht reicht es ihm, sie einfach nur anzustarren«, sagte wieder eine andere Stimme.

»Ja, wenn der Schwachkopf wüßte, daß vor seiner eigenen Tür ein Kräutchen wächst, das er nur kochen müßte und ihr den Saft einflößen und schon würde sie die Sprache wiederfinden!«

»So ist's. Aber die Sterblichen sind einfach zu dumm, um auf solche Mittel zu verfallen.«

»Zerbrich dir nicht den Kopf für ihn. Komm, wir reiten los. Und der Schafskopf bleibt hier zurück.«

So schwatzten sie durcheinander. Und dann erhoben sie sich in die Luft, und mit Ruuja-Bullja sausten sie davon.

Der arme Gulisch aber starrte ihnen nach, und es fielen ihm fast die Augen aus dem Kopf vor Wut und Verwunderung.

Nicht lange, dann ging er zurück und dachte darüber nach, was er gesehen und gehört hatte. Und er fragte sich, ob da tatsächlich ein Kräutlein vor seiner Tür wachse, das der Tochter des Königs die Sprache wiedergeben könne.

Kann doch nicht stimmen, dachte er bei sich, wäre es wirklich so, sie hätten es dir doch nie verraten. Aber vielleicht ist es diesem Feenmann nur so rausgerutscht. Ich werde immerhin mal nachschauen, sobald die Sonne aufgegangen ist, welche Pflanzen außer Disteln und Fuchsien vor unserer Türe wachsen.

Er ging heim. So müde er auch war, er tat doch kein Auge zu, bis die Sonne aufging. Danach suchte er das Gras um die Hütte nach Pflanzen ab, die ihm fremd waren. Und tatsächlich entdeckte er genau neben der Türschwelle eine seltsame, hochgewachsene Pflanze.

Er sah sie sich genauer an und erkannte, daß sie aus sieben kleinen Zweigen bestand, die aus einem Stengel wuchsen, und an jedem Zweig waren sieben Blätter, und in den Stengeln war ein weißer Saft.

»Das ist doch höchst wunderbar«, sprach er bei sich, »solch eine Pflanze habe ich tatsächlich noch nie gesehen. Vielleicht ist das doch das Kraut, von dem die Feenmänner gesprochen haben.«

Er nahm ein Messer, schnitt die Pflanze ab und trug sie ins Haus. Dort riß er die Blätter ab und schnitt den Stengel so, wie man eine Zwiebel schneidet. Er ließ den Saft in ein kleines Gefäß tropfen, gab etwas Wasser hinzu und ließ die Flüssigkeit kochen. Er goß sich eine Tasse davon ein und wollte probieren. Da fiel ihm ein, daß es vielleicht Gift sein könne. Vielleicht haben die Feenmänner die Pflanze nur erwähnt, um das Mädchen zu töten, überlegte er. Er stellte die Tasse wieder ab, ließ ein paar Tropfen der weißen Flüssigkeit auf seine Fingerspitze fallen und leckte sie ab. Die Flüssigkeit schmeckte nicht bitter, sondern süß und angenehm. Da wurde er kühner und trank einen Fingerhut voll und dann noch einmal soviel. Und darauf hörte er nicht mehr auf, bis er alles, was in der Tasse war, ausgetrunken hatte.

Er verfiel darauf in einen tiefen Schlaf. Als er erwachte, war es Nacht, und er empfand großen Durst und großen Hunger.

Er wartete, bis es Tag geworden war, und dann lief er zum Haus des Herrn Pfarrer, um der Königstochter auch einen solchen Trank einzuflößen.

Es war seltsam, plötzlich fühlte er sich mutig und zuversichtlich und wußte, daß alles gut werden würde.

Als er zum Haus des Pfarrers kam, fand er den Priester und das Mädchen beunruhigt vor. Warum hatte er sich zwei Tage nicht sehen lassen. So lange hatte er also geschlafen.

Er berichtete ihnen, was sich zugetragen habe, und sagte, gewiß sei eine große Kraft in dem Kraut, auf keinen Fall werde es dem Mädchen schaden, denn er habe den Trunk schon probiert und könne beschwören, daß er sich lustig und munter fühle.

Gulisch kochte also für sie eine Tasse voll. Und als sie den Sud getrunken hatte, sank sie sogleich auf ihrem Bett nieder. Ein tiefer Schlaf überkam sie. Einen ganzen Tag und eine ganze Nacht schlief sie fest.

Gulisch und der Pfarrer saßen an ihrem Bett und warteten ungeduldig auf ihr Erwachen.

Endlich, am Mittag des zweiten Tages kam sie zu sich. Sie rieb sich die Augen wie jemand, der nicht weiß, wo er sich befindet. Sie blickte den Pfarrer und Gulisch verwundert an.

Natürlich waren der Junge und der Priester sehr gespannt, ob sie nun werde sprechen können. Nachdem sie eine Weile nichts gesagt hatte, fragte der Pfarrer: »Hast du gut geschlafen, Mädchen?«

Da antwortete sie: »Danke, ich habe ganz ausgezeichnet geschlafen.« Kaum hatte Gulisch sie etwas sagen gehört, da stieß er einen Freudenschrei aus, sprang zu ihr hin, fiel vor ihr auf die Knie und rief: »Gott sei Dank. Dir ist die Sprache wiedergegeben. Bitte, sprich noch etwas zu mir.«

Das Mädchen antwortete, sie wisse wohl, daß er es gewesen sei, der ihr den Trank gekocht und ihn ihr eingeflößt habe. Zudem müsse sie ihm sehr dankbar sein für alles, was er ihr Gutes getan habe. Sie werde ihm das nie vergessen.

Gulisch war außer sich vor Freude. Rasch kochte er ihr etwas zu essen. Sie aß mit gutem Appetit, war lustig und guter Dinge und plauderte mit Gulisch und dem Pfarrer. Darauf ging Gulisch heim, streckte sich auf dem Bett aus und fiel abermals in einen tiefen Schlaf, denn die Wirkung des Krautes war noch nicht ganz vergangen. Er schlief noch einmal eine ganze Nacht und einen Tag. Als er erwachte, lief er eilig zum Haus des Herrn Pfarrer. Er erfuhr dort, daß das Mädchen auch fast die ganze Zeit über geschlafen habe. Er ging mit dem Priester in ihre Kammer. Nun war sie wach, redete und scherzte. Da war Gulisch aber froh. Der Pfarrer stellte wieder Essen auf den Tisch. Sie saßen beisammen, und danach sagten sie zueinander, daß sie sich lieb hätten.

Eines Tages heiratete Gulisch das Mädchen aus Frankreich. Es war eine prächtige Hochzeit. Wäre ich dabei gewesen, so wäre ich heute nicht hier. Aber ein Vogel hat mir erzählt, daß es für die beiden weder Streit noch Sorge, weder Krankheit noch Unglück gegeben hat, bis zur Stunde ihres Todes. Euch aber wünsche ich, daß es euch auch so ergehen möge.

Die unerschöpfliche Vorratskiste

An einem Samhainabend räumte Peggy Néill von Bun Binne das Haus auf. Niall saß auf dem Strohsitz am Feuer, den Rücken gegen die Wand gelehnt. Er paffte seine Pfeife und summte dabei, denn er war zufrieden. Am Nachmittag hatte er die letzten Kartoffeln geerntet und dachte nun daran, daß er es sich bis zum Frühjahr würde bequem machen können. Ein Topf mit Wasser stand auf dem Feuer, und nachdem Peggy die Teller gewaschen hatte, hob sie mit einem Stock den Topfdeckel. Dann nahm sie eine Tasse, die an der Tür hing und ging zu der Kiste, in der sie das Hafermehl aufzubewahren pflegte, nachdem es von der Mühle zurückkam.

»Bei meiner Seele, Niall«, sagte Peggy, als sie in die Kiste geschaut hatte, »es war doch noch soviel da, daß man hätte meinen können, es werde nie zu Ende gehen. Und jetzt ist gerade soviel übrig, wie ich heute abend zum Essen brauche.«

»Nun meine Liebe«, sagte Niall, »wie soll ein Vorrat sich nicht aufzehren, wenn immer davon geschöpft wird?«

»Das ist ein wahres Wort, Niall«, sagte Peggy, »aber das Mehl werden wir vermissen. Kartoffeln sind schon recht, aber etwas Hafergrütze zum Abendessen schmeckt eben doch noch besser.«

»Wir werden schon nicht Hungers sterben«, sagte Niall, »wenn es ganz hart kommt, kann ich immer noch Körner ausdreschen und sie dann schroten. Es bedarf ja immer nur einer Handvoll Schrot für ein kinderloses altes Ehepaar wie wir es sind, um sich bis zum Patricks-Tag durchzuschlagen.«

Peggy beugte sich vor, um das letzte bißchen Schrotmehl mit der Tasse auszuschöpfen.

»Halt, Frau!« sagte Niall, »du willst doch nicht etwa von dem, was da noch übrig ist, Hafergrütze kochen? Das ist nichts als Staub und Spelzen.«

Peggy leerte den Inhalt der Tasse wieder in die Kiste und sprach:

»Na schön, aber dann wirst du noch ein paar Handvoll Kartoffeln aus der Scheune holen müssen. Ich mache dann Kartoffelbrei.«

»He«, rief Niall, »ein paar Kartoffeln in der Asche gebacken, das wäre auch nicht schlecht. Es sind noch genug im Korb, damit es für uns beide reicht.« Der arme Mann war müde nach der Arbeit. »Das ist wohl recht«, erwiderte Peggy, »aber das Geflügelvieh muß am Morgen auch noch etwas bekommen, und ich fange dann nicht noch einmal an.«

Zögernd stand Niall auf. »Eh! Immer diese Hühner. Nun wirf mir schon die Schuhe rüber!«

Er zog seine Stiefel an, nahm den Korb und eine Fackel und ging hinaus. Peggy fuhr mit ihrer Hausarbeit fort. Sie begann, das Feuer unter dem Topf anzufachen und fuhr mit der Kohlenzange unters Bett, um von dort ein oder zwei Klumpen Torf hervorzuholen und nachzulegen. Während sie damit beschäftigt war, blieb ihr plötzlich fast das Herz stehen. Aus den Augenwinkeln sah sie eine kleine alte Frau an der Wand stehen. Peggy selbst pflegte sie, wenn später die Rede darauf kam, eben so zu beschreiben:

»Sie war nicht ganz so groß wie eine Brüthenne, o wirra, wenn ihr die hellen Augen gesehen hättet, die in ihrem Kopf tanzten unter den schwarzen buschigen Augenbrauen! Sie hatte ein runzliges Gesicht, ein langes Kinn und eine Nase, die durch ein Nadelöhr gegangen wäre und sie hatte nicht mehr einen Zahn im Mund, außer ihrem Weisheitszahn. Ich sag euch, fast hätte das Leben mich verlassen!«

Als Peggy sich wieder gefaßt hatte, grüßte sie die Erscheinung und hieß sie, am Feuer Platz zu nehmen und sich zu wärmen. Aber sie lehnte Peggys Aufforderung freundlich ab und sagte:

»Es ist nicht die Kälte, die mich hertreibt, vielmehr bin ich gekommen, um mir etwas auszuleihen.« Sie griff sich mit der Hand in den Busen und holte eine Eichentasse heraus, und indem sie sie Peggy reichte, sagte sie:

»Füll das mit dem Schrotmehl vom letzten Jahr, denn da ist jemand, der darauf wartet.«

»Gottes Segen auf uns, das Kreuz zwischen uns und Kummer! Wer seid Ihr?« sagte Peggy und gleichzeitig schlug sie ein Kreuz.

»Ich bin Maireog die Große, Königin der Schar von Binn Bhui und von Pollán an Raithnigh!«

»Musha, da klopft Ihr zu schlechter Stunde an unsere Tür«, sagte Peggy, »unser Schrotmehl ist ausgegangen. Das bißchen, was noch übrig ist, wäre ein armseliges Geschenk, aber wenn es Euch etwas nützt, so sollt Ihr es gern haben.«

Sie nahm die Tasse und füllte sie. Die Feenfrau nahm sie ihr ab, griff dann nach einem Zauberstab, den sie in ihrem Gürtel trug, hob ihn über der Kiste und sprach einen Zauberspruch in einer Sprache, die Peggy nicht verstand. Dann berührte sie die Kiste leicht und sagte:

»Von heute an soll immer Schrotmehl in dieser Kiste sein, aber paß auf, daß kein anderes menschliches Wesen hineingreift. Wenn das geschieht, ist der Zauber aufgehoben, und du wirst wieder arm sein wie zuvor.«

Mit diesen Worten hob sie ihren Rock, verbarg ihr Gesicht und war wie der Blitz zur Tür hinaus. Als sie fort war, ließ Peggy die Hände sinken, setzte sich am Feuer hin, und es war ihr, als werde sie gleich ohnmächtig werden. Sie war immer noch nicht in der Lage, sich hochzurappeln, als Niall mit einer Handvoll Kartoffeln hereinkam. Er bemerkte ihre Schwäche und fragte sie, was denn mit ihr los sei. »Man könnte meinen, du hättest unterdessen einen Geist gesehen, so bleich bist du.«

»Einen Geist wahrlich«, sagte Peggy, und sie erzählte ihm, was ich euch erzählt habe. Niall begann zu lachen.

»Gott sieh auf uns nieder!« sagte er, »ein Spaßvogel hat eben Peggy Niall zum besten gehabt. Schüttle deine Federn, Alte, und schütte etwas von dem wunderbaren Schrotmehl in den Topf da. Will sehen, wie das kleine Volk von Binn Bhui sich aufs Schroten versteht.«

»Es tut nicht gut, über Zauber zu lästern!« sagte Peggy.

»Laß mich mit deiner Zauberei in Frieden!« rief Niall. »Jetzt will ich doch selbst einmal sehen, was es mit deinen Lügen auf sich hat!« und mit diesen Worten ging er zur Kiste. Aber Peggy war vor ihm dort, hob den Deckel und groß war ihr Erstaunen, als sie sahen, daß sie mit hübsch sauber ausgemahlenem Schrot gefüllt war.

»Gott schütz uns!« sagte Niall, »das ist wahrlich eine Nacht der Wunder.«

»Weißt du denn nicht«, sprach Peggy, »daß heute Samhainabend ist. Da sind die Edlen unterwegs?«

»Bei meiner Seele, hab doch nicht daran gedacht, welche Nacht wir heute haben«, rief Niall, »wie dem auch sei, du hast einen guten Tausch gemacht. Ich hoffe, es wird zu unserem Vorteil sein.«

Das war es. Peggy hütete die Vorratskiste wie einen Goldschatz. Sie brachte ein Schloß an, und über fünf Jahre hin legte niemand eine Hand daran außer ihr. Während dieser Zeit nahm das Schrotmehl in der Kiste nie ab, und nicht nur das, Peggy konnte so manchen Beutel voll an die Nachbarn verschenken. Sie war so großzügig, daß den Nachbarn schließlich etwas auffiel. Nie sahen sie Niall zur Mühle gehen und mit einem Sack heimkommen, und am Ende gab es einige, die vermuteten, daß Niall und Peggy schwarze Magie trieben.

Gut und schön.

An einem düsteren Abend nach Weihnachten hatte Peggy die Kiste geöffnet, um den Hennen eine Handvoll Schrot vorzuwerfen, als ein Junge aus der Nachbarschaft atemlos angerannt kam und hervorstieß, seine Mutter liege im Sterben. Peggy war immer schon eine Frau gewesen, die anderen gern gefällig war. Also zögerte sie keine Sekunde und rannte hinaus, ohne den Kistendeckel zu schließen.

Niall war in der Futterkammer und fütterte das Vieh. Er kam mit einem Eimer in die Küche, um etwas Haferschleim für ein junges Kalb zu holen. Als er Peggy im Haus nirgends finden konnte, griff er gedankenlos in die Kiste und warf eine Handvoll Schrotmehl in den Eimer. Dann ging er wieder hinaus, um seine Arbeit zu verrichten.

Peggy kam mit der Nachricht zurück, Séamas of Polláns Frau sei tot. Niall sprach ein Gebet für ihre Seele, und dann setzte sich das Paar hin und unterhielt sich über die Verstorbene. Es fiel ihnen nichts auf, bis Peggy aufstand, um eine Tasse Tee zuzubereiten und dabei ihr Blick auf die offene Kiste fiel.

Rasch sprang sie hin und schloß den Deckel, aber als sie zuvor hineinsah, stellte sie fest, daß sich nichts mehr drin befand, außer jenen schäbigen Resten, die dort noch übriggeblieben waren an jenem Abend, da die Fee von Binn Bhui sie besuchen gekommen war.

»Das ist doch nicht möglich, Niall«, sagte Peggy, »hast du etwa deine Hand da hineingesteckt?«

»Nun, ich mag vielleicht nicht in den Himmel kommen, aber ich habe ein bißchen davon für das Kalb genommen. Das wird doch wohl nicht so schlimm sein.«

»Ach …, zu spät!« rief Peggy. »Jetzt hilft ja doch nichts mehr.«

Und von diesem Tag bis zum Tag, an dem sie starben, war es mit der Vorratskiste, die sich immer wieder von selbst gefüllt hatte, war es mit ihrem Glück vorbei.

John Connors und der Feenkönig

Einst lebte ein Mann mit Namen John Connors nahe Killarney, und er hatte sieben kleine Kinder, alles Töchter und keinen Sohn. Als ihm darauf abermals eine Tochter geboren wurde, war der Mann so zornig, daß er sich weigerte, vom Feld heimzukommen, um nach der Mutter und dem Neugeborenen zu sehen. Als nun die Zeit herankam, da das Kind zu taufen war, wollte er auch nicht hingehen und fragen, wer da Pate stehen würde. »Nein«, sprach er, »mich kümmert das alles nicht.«

Einige Jahre darauf jedoch wurde ihm ein Sohn geboren. Einige Frauen kamen aufs Feld gelaufen, um ihm die frohe Nachricht zu bringen. Connors war so froh, daß er den Spaten, den er bei sich hatte, zerbrach, nach Hause eilte, Brot und Fleisch kommen ließ und sich dann anschickte, mit Freunden ein großes Fest zu feiern. »Es gibt doch im ganzen Kirchspiel keinen«, sprach er zu seinem Weib, »der es wert wäre, Pate meines Sohnes zu werden. So will ich, wenn es Nacht wird, ins nächste Dorf reiten und mich dort nach einem Paten umsehen.«

Bei Nacht sattelte er sein Pferd, stieg auf und ritt ins nächste Dorf, um dort einen Freund und dessen Frau als Paten zu bitten. Das Dorf, zu dem er ritt, hieß Beaufort und lag südlich von Killarney. Am Weg gab es ein Gasthaus, und dort machte Connors Rast, lud die Gäste ein, mit ihm zu trinken und ritt dann weiter. Als er ein paar Meilen hinter sich gebracht hatte, traf er einen Fremden auf einem weißen Pferd. Es war ein Gentleman, das sah man gleich an den roten Kniehosen, dem Schwalbenschwanz und dem Zylinder. Der Fremde grüßte John Connors artig und fragte dann:

»Wie kommt es, daß du noch so spät unterwegs bist?« »Ich bin unterwegs nach Beaufort«, antwortete Connors, »dort will ich die Paten für meinen Sohn suchen.«

»Dann bist du in die Irre geritten«, erklärte der Fremde, »du hättest die Abzweigung einschlagen sollen, die nun schon eine Meile hinter dir liegt. Kehr um und halte dich nach links.«

John Connors tat, wie ihm der Fremde geraten hatte, aber an die Abzweigung, von der die Rede gewesen war, kam er nicht. Er ritt noch etwa eine halbe Stunde dahin, als er abermals diesen Gentleman traf, dem er vorhin schon begegnet war, und dieser fragte ihn:

»Bist du nicht der Mann, den ich vor kurzem schon einmal getroffen habe und der nach Beaufort wollte?«

»Genau der bin ich.«

»Du hast die Abzweigung abermals verfehlt. Du mußt umkehren und nach etwa einer Meile nach rechts abbiegen.«

Connors tat, wie ihm geheißen und ritt mehr als eine Stunde, ohne daß er an eine Abzweigung gekommen wäre. Schließlich traf er den Fremden zum dritten Mal, und diesmal sagte der Gentleman:

»Es ist nun schon spät geworden. Um diese Zeit werden deine Freunde in Beaufort schon längst schlafen. Bis zu meinem Haus ist es nicht weit. Du kannst bei mir übernachten. Morgen ist auch noch ein Tag.«

John Connors dankte dem Fremden und sagte, er wolle gern mit ihm gehen, und dieser führte ihn zu einem schönen Schloß, hieß ihn absteigen und eintreten. Der Gentleman ließ gutes Essen auftragen. Nach dem Mahl zeigte er Connors sein Nachtlager und sprach:

»Nun leg deine Kleider ab, und schlaf gut bis zum Morgen.«

Als Connors eingeschlafen war, nahm der Fremde die Kleider, formte eine Puppe, die John Connors ähnlich sah, zog ihr Johns Kleider an und band sie dann auf das Pferd. Er führte das Tier vor das Tor und jagte es davon.

Das Pferd suchte seinen heimatlichen Stall und erreichte das Dorf am nächsten Morgen.

Die Leute sahen das Tier, das scheinbar einen Toten trug und meinten, John Connors sei etwas zugestoßen. Sie begannen zu weinen und zu klagen. Man holte ihn vom Pferd, wusch ihn und legte ihn auf einen Tisch. Die Nacht über hielt das halbe Dorf Totenwache, wie es üblich war. Am nächsten Morgen wurde eine Messe für seine arme Seele gelesen und ein großes Begräbnis für ihn ausgerichtet.

Am anderen Morgen erwachte John Connors – doch in der Welt der Sterblichen waren inzwischen drei Wochen vergangen – der Gentleman stand vor seinem Bett und sprach:

»Höchste Zeit, daß du erwachst, John. Dein Sohn ist schon getauft. Deine Frau meinte, du würdest nie wiederkommen. So ließ sie Paten durch den Priester suchen. Dein Pferd hat sich von hier davongemacht und ist heimgelaufen.«

»Habe ich denn lange geschlafen?«

»Drei volle Tage und Nächte hast du im Bett gelegen.«

John Connors richtete sich auf und sah sich nach seinen Kleidern um, konnte sie aber nirgends entdecken.

»Wo sind meine Kleider?« fragte er.

»Ich weiß nichts von deinen Kleidern, guter Mann, aber je eher du aufstehst, desto besser.«

Der arme John war nun völlig verwirrt.

»Wie soll ich denn ohne meine Kleider heimkommen, he? Wenn ich wenigstens ein Hemd hätte, könnte es noch angehen, aber ohne einen Fetzen am Leib kann ich mich doch nicht unter die Menschen wagen!«

»Halte keine langen Reden«, antwortete der Gentleman, »nimm dieses Laken um, und dann fort mit dir. Ich habe keine Zeit, mich lange mit deinesgleichen aufzuhalten.«

Da wurde es John angst und bange, er packte das Laken und lief hinaus.

Als er ein gutes Stück Wegs zurückgelegt hatte, sah er sich um, konnte aber kein Schloß mehr entdecken. Hinter ihm lagen nur Felder und Weiden. Nun trug sich all dies zu an einem Sonntag, und Connors bemerkte in einiger Entfernung Leute, die zur Messe gingen. Da lief er wieder in die Felder hinein, aus Scham, es möchte ihn jemand so sehen. Er hielt sich auf den Feldern und lief nahe der Bäche, bis er einen Hügel erreichte. Dort suchten drei oder vier Jungen nach einem Schaf, das sich verlaufen haben mußte. Sie sahen Connors und erkannten in ihm den Mann, den man vor drei Wochen begraben hatte. Da liefen sie schreiend ins Dorf zurück und erzählten dort, sie hätten John Connors gesehen, mit nichts als einem Laken bekleidet. Nun ist es in Irland Sitte, die Kleider eines Verstorbenen mit Weihwasser zu besprengen und sie an die Armen zu verschenken. Man glaubt, daß sie dann der Tote auch in der anderen Welt tragen kann. Derjenige aber, der sie erhält, muß sie dreimal zu einer Messe anlegen und soll sie jedesmal mit Weihwasser besprengen, danach kann er sie tragen, wie und wann er will.

Als die Frauen im Dorf hörten, was die Jungen erzählten, gingen einige von ihnen zur Witwe und sagten: »Es ist deine Schuld, daß der Geist deines Mannes nackt umgeht. Du hast gewiß seine Kleider nicht an die Armen gegeben.«

»Wohl habe ich sie an die Armen geschenkt«, sagte die Witwe, »aber es mag wohl sein, daß der Mann, dem ich sie gab, sie nicht zur Messe getragen hat, und deshalb muß mein armer Mann nun in der anderen Welt nackt umhergehen.«

Dann lief sie auf der Stelle zu dem Armen, der die Kleider bekommen hatte. Als sie eintrat, saß der Mann gerade beim Frühstück.

»Du bist ein verdammter Heide«, schalt sie ihn aus, »ich hätte nie gedacht, daß du meinen armen alten John nackt in der anderen Welt herumlaufen läßt. Warum hast du die Kleider, die ich dir gab, nicht erst dreimal zur Messe getragen und sie mit Weihwasser besprengt, wie sich das gehört, he?«

»Wie kannst du so etwas sagen«, entgegnete der Mann, »es ist alles so geschehen, wie es die Sitte will.«

Da ging die Frau beruhigt heim.

Nun lebte noch ein Onkel von John Connors in demselben Dorf. Er war ein reicher Bauer und hatte eine Magd und einen Knecht. Der Torfabstich war nicht weit vom Haus entfernt, und als das Mädchen einmal zu der Grube ging, um Torf zu stechen, sah sie nicht weit davon einen Mann mit einem Laken um die Schulter stehen. Sie sah noch einmal hin und erkannte, daß es John Connors war. Das Mädchen schrie auf, rannte verängstigt davon und erzählte im Haus, was ihr zugestoßen war. Der Bauer und sein Knecht lachten nur, und der Knecht wurde nun ausgeschickt, um nachzusehen, ob das Mädchen die Wahrheit gesprochen habe. Tatsächlich: In der Torfgrube saß der Geist des John Connors mit einem Laken um die Schultern. Niemand wollte nun mehr zu dem unheimlichen Ort gehen, und das Gerücht verbreitete sich, John Connors sitze dort und bewache den Torf.

Früh am Abend ließ John Connors' Weib ihre Kinder niederknien und einen Rosenkranz für die Seele ihres Vaters beten. Danach gingen sie zu Bett. Es dauerte nicht lange, da hörten sie ein Klopfen an der Tür. Die arme Frau fragte, wer denn draußen sei. Eine vertraute Stimme antwortete:

»Dein Mann steht vor der Tür. Laß mich herein.«

»Möge der allmächtige Gott und die Heilige Jungfrau deiner Seele Ruhe schenken«, schrie das Weib, und die Kinder bekreuzigten sich und krochen unter die Bettdecken. Sie fürchteten sich sehr, er könne durch das Schlüsselloch hereinkommen.

John aber ging draußen zum Fenster und schlug gegen die Scheiben. Die arme Frau hastete zum Fenster und sah das Gesicht ihres Mannes. Sofort begann sie wieder, um die Erlösung seiner Seele zu beten, er aber rief:

»Mach mir doch auf, oder wirf mir wenigstens ein paar Kleider heraus. Ich sterbe fast vor Kälte.«

Als er sah, daß sie nichts bewegen würde, ihm aufzutun, ging er zum Haus seines Onkels. Als er an dessen Tür kam, lag drinnen die ganze Familie auf dem Boden und betete für das Seelenheil von John Connors. Er klopfte, und die Magd stand auf, um nachzusehen, wer draußen sei. Sie schob den Riegel zurück und öffnete die Tür einen Spalt breit, aber als sie gewahr wurde, wer da stand, schlug sie die Tür sofort wieder zu.

»John Connors' Geist geht um. Ich bleibe nicht länger hier. Ich will fort«, schrie sie hysterisch. Die ganze Familie floh eiligst ins Bett, ohne sich auszuziehen. John Connors aber hörte nicht auf an die Tür zu pochen, doch niemand öffnete.

Also lief er zum nächsten Haus weiter. Es war der Doktor, der dort wohnte, und John dachte bei sich: Ich werde zu ihm gehen und ihm alles sagen, vielleicht, daß er ein Einsehen hat.

Aber auch hier kam ihm zuerst der Diener entgegen und lief schreiend zu seinem Herrn:

»John Connors' Geist steht unten an der Tür. Er hat nichts an außer einem Laken!«

»Du warst schon immer ein Narr«, sagte der Doktor zu seinem Diener, »und je älter du wirst, um so schlimmer wird es damit. Es gibt keine Geister.«

»Und doch steht Connors' Geist vor Eurer Haustür!« rief der Diener triumphierend und dabei am ganzen Leibe zitternd.

Um seinen Diener zu überzeugen, trat der Doktor an ein Fenster im ersten Stock. Er sah hinaus – und bei Gott, dort unten stand tatsächlich ein Geist. Er wandte sich hastig um und wies seinen Diener an:

»Daß du mir die Tür nicht aufmachst. Tatsächlich steht er da. Das geht nicht mit rechten Dingen zu.«

Als er merkte, daß ihn auch der Doktor nicht einlassen werde, fluchte John Connors schrecklich.

»Gott steh uns bei«, murmelte der Doktor hinter dem Fenster, der Johns laute Flüche dort vernahm, »seine Seele muß verdammt sein, denn wäre sie jetzt im Fegefeuer, so würde sie nicht fluchen und schwören, sondern beten, was das

Zeug hält. Er ist verdammt. Die Leute in diesem Nest werden noch ihr blaues Wunder erleben. Ich bleibe nicht länger hier. Morgen packe ich meine Sachen und reise ab.«

John ging nun zu dem Haus des Priesters, denn er dachte sich: Wenigstens der Herr Pfarrer wird doch vernünftig sein. Die Haushälterin öffnete ihm. Doch als sie sah, wer da vor ihr stand, schrie sie auf und rannte davon. Doch ließ sie wenigstens die Tür hinter sich offen stehen, wenn auch nicht mit Absicht, sondern vor Schreck. Als sie zur Treppe stürzte, fiel sie hin, und der Lärm erregte die Aufmerksamkeit des Priesters, der nachsehen kam, was da geschehen sei.

»O Vater«, schrie die Haushälterin, »John Connors' Geist ist in die Küche eingedrungen, und er hat nichts an als ein Laken!«

»Das kann nicht sein«, erwiderte der Priester, »noch keiner ist aus dem Jenseits zurückgekommen.«

Er hatte den Satz kaum vollendet, als der Geist auch schon vor ihm stand.

»Im Namen Gottes«, sagte der Priester, »bist du tot oder lebendig? Du mußt tot sein, denn ich habe in deinem Haus eine Totenmesse gelesen. Der offene Sarg stand auf dem Tisch, und ich war auch bei deinem Begräbnis dabei«

»Wie könnt Ihr nur so närrisch sein, wie all die anderen Leute im Dorf. Ich lebe ...«, rief John Connors, »wer sollte mich denn getötet haben?«

»Gott, der jedem Leben einmal ein Ende setzt. Und wenn du nicht tot bist, wie konnte ich dann zu deinem Begräbnis gerufen werden?«

»Das war alles ein Mißverständnis«, erklärte ihm John, »wenn ich tatsächlich tot wäre, wie könnte ich dann mit Euch reden?«

»Aber wenn du lebendig bist, wo sind deine Kleider?«

»Das weiß ich auch nicht. Sie sind mir abhanden gekommen.«

»Geh in die Küche«, sagte der Priester, »ich werde dir Kleider bringen, und dann wirst du mir erzählen, was geschehen ist.«

Als er wieder wie ein Mensch gekleidet war, erzählte John Connors seine ganzen Erlebnisse von Anfang an.

»Ah«, sagte der Priester, »nun beginne ich zu begreifen. Das war Daniel O'Donoghue, der Prinz von Loch Lein. Er hat dir diesen Streich gespielt. Warum hast du auch keinen Paten aus unserem Kirchspiel genommen? Für den Rest deines Lebens wird dir das eine Lehre sein, und du wirst Sohn und Tochter gleich achten, hoffe ich. Du warst wohl nicht zufrieden mit dem Willen Gottes, obwohl es doch jedes Menschen Pflicht ist, alles so hinzunehmen, wie Gott es fügt. Vor drei Wochen hat man deine Leiche zu Grabe getragen, und zu all dem ist es nur gekommen, weil du stolz und hochmütig warst.«

»Ach ... und deshalb wollte mich meine Frau nicht hereinlassen. Bitte, Hochwürden, kommt doch mit mir und redet ihr gut zu, damit sie mir die Tür auftut.«

Der Priester und John Connors gingen zu dem Haus und klopften an, aber die Antwort war nur ein Gebet. Der Priester ging ans Fenster und machte der Frau ein Zeichen, sie solle öffnen.

Frau Connors öffnete die Tür, als sie jedoch ihren Mann hinter dem Priester sah, schrie sie auf und fiel in Ohnmacht, und auch die kleinen Mädchen, die um sie standen, sanken bewußtlos zu Boden. Als sich die Frau erholt hatte, versuchte der Priester, sie davon zu überzeugen, daß ihr Mann noch am Leben sei, aber sie wollte es so lange nicht glauben, bis er sie bei der Hand faßte. Dann betastete sie sein Gesicht und sein Haar und war endlich überzeugt.

Als der Priester alles aufgeklärt hatte, ließ er die Familie allein. Und nie mehr später – sofern das noch nötig war – ist John Connors in ein anderes Dorf gegangen, um einen Paten für eines seiner Kinder zu suchen.

Märchen aus England

Childe Rowland

Es war einmal vor langer, langer Zeit eine Königin in England, die hatte drei mutige Söhne und eine schöne Tochter. Eines Abends spielten die drei Prinzen und Burd Ellen, ihre Schwester, mit einem goldenen Ball, und wie sie so spielten, warf der Jüngste, Childe Rowland, den Ball mit solcher Wucht, daß er über das Kirchendach flog.

Seine Schwester Burd Ellen rannte, um den Ball zu holen. Die drei Prinzen warteten, aber Burd Ellen kam nicht wieder. Die Brüder suchten sie, aber weder von ihr selbst noch von dem Ball fand sich eine Spur. Da wurde es ihnen traurig ums Herz, weil sie fürchteten, irgendein böser Zauberer müsse da wohl seine Hand im Spiel haben.

Sie suchten im Osten und suchten im Westen, und als die Königin, ihre Mutter, nichts anderes mehr tun konnte, als auf ihrem Thron zu sitzen und zu weinen, sagte der älteste Bruder, er werde gehen und Merlin, den berühmtesten aller Zauberer in England, um Rat fragen. Also brach er auf, und als er in Merlins Höhle kam, erzählte er diesem die ganze Geschichte. Wie sie zu viert mit dem goldenen Ball gespielt und wie Childe Rowland, der Jüngste, den Ball über das Kirchendach geworfen hatte, wie Burd Ellen fortgelaufen war, um den Ball zu holen, und daß niemand sie seit jenem Tag wieder zu Gesicht bekommen habe. Und dann fragte er den Zauberer, was wohl mit der Schwester geschehen sei. Merlin erkundigte sich bei dem Prinzen, in welche Richtung Burd Ellen gerannt sei. Und als der Prinz es ihm beschrieben hatte, da nickte Merlin. »Burd Ellen«, sprach er, »ist verzaubert worden, weil sie in entgegengesetzter Richtung zum Lauf des Sonnengestirns gelaufen ist. Ich glaube, daß der

König des Elfenlandes sie entführt hat und im dunklen Turm gefangenhält. Es wird nicht leicht werden, sie heimzuholen.«

»Wenn es ein Sterblicher überhaupt fertigbringen kann«, antwortete der Prinz, »dann will ich es versuchen.«

»Möglich ist es«, erwiderte Merlin, »aber Jammer über den, der es versucht, ohne daß er zuvor sorgfältig belehrt worden ist. Kühnheit allein hilft da nichts.«

Da bat der älteste Prinz Merlin, er möge ihm sagen, was er tun und was er nicht tun solle. Und als Merlin ihn belehrt hatte, wiederholte er noch einmal diese Lektion, sagte der Königin und seinen beiden Brüdern Lebewohl und ritt fort auf der Straße ins Elfenland.

Und lange warteten sie und länger noch
Mit Zweifel und nagendem Schmerz.
Und als er auch dann nicht zurückgekehrt,
brach ihnen fast das Herz.

Nachdem viele Wochen vergangen waren, sprach der zweite Bruder, nun wolle er sich der Sache annehmen. Auch er ging zu Merlin, dem Zauberer, und bat ihn um Hilfe, gerade so, wie es sein Bruder getan hatte. Er bekam denselben Rat, und auch er machte sich auf, um ins Elfenland zu reisen.

Und lange warteten sie und länger noch
Mit Zweifel und nagendem Schmerz.
Und als er auch dann nicht zurückgekehrt,
brach ihnen fast das Herz.

Als wieder lange Zeit vergangen war, fand Childe Rowland, der jüngste Prinz, nun sei die Reihe an ihm. Also ging er zu der Königin und bat sie um ihren Segen. Sie wollte ihn nicht gehen lassen, denn er war ja das letzte ihrer vier Kinder, das ihr geblieben war. Ging auch er noch verloren, dann war alles verloren. Aber er bat und bestürmte sie, und schließlich war die Königin einverstanden. Also gab sie ihm ihren Segen, und das besondere Schwert des Vaters gab sie ihm dazu, und dies war eine Waffe, die unfehlbar traf. Childe Rowland ritt, wie vorher seine beiden Brüder, zu Merlins Zauberhöhle.

»Wieder einmal kommt einer von uns zu dir«, sagte Childe Rowland, als er vor Merlin stand, »sag mir bitte, wie ein Sterblicher meine schöne Schwester Burd Ellen und meine Brüder retten kann.«

Merlin sagte zu ihm, was er auch schon seinen Brüdern gesagt hatte.

»Mein Sohn«, sprach er, »es gibt zwei Dinge, die, so einfach sie auch scheinen mögen, dennoch schwer zu vollbringen sind. Bei dem einen geht es darum, etwas zu tun, bei dem anderen, etwas nicht zu tun. Was du tun mußt, ist dies: Jedem, dem du begegnest, wenn du im Königreich der Elfen bist, und der mit dir spricht, ehe du die schöne Burd Ellen gesehen hast, mußt du mit deinem Schwert den Kopf abschlagen! Was du nicht tun darfst, ist dies: Wie hungrig und durstig du auch immer sein magst, du darfst, solange du im Elfenland bist, weder einen Bissen essen noch einen Tropfen trinken. Wenn du dich nicht daran hältst, wirst du die Mittlere Erde nie mehr wiedersehen.« Dann erklärte ihm Merlin, wie er ins Elfenland gelangen und dort den dunklen Turm finden könne und daß er den Elfenkönig selbst zwingen müsse, ihm zu sagen, was aus seinen beiden Brüdern geworden sei.

Childe Rowland dankte dem Zauberer und ritt auf demselben Weg davon, den Merlin schon seinen beiden Brüdern gewiesen hatte. Nach langer Zeit kam er an eine Stelle, da saß ein Pferdehirte, und um ihn herum grasten viele Pferde. Sie waren wild und hatten ein finsteres Aussehen, und daran erkannte Childe Rowland, daß es Pferde aus dem Elfenland waren.

»Kannst du mir sagen«, fragte Childe Rowland den Pferdehirten, »wo man den dunklen Turm des Königs des Elfenlandes findet?«

»Das kann ich dir nicht sagen«, antwortete der Pferdehirt, »aber reite ein Stück weiter, und du wirst auf eine Rinderherde stoßen. Vielleicht kann dir deren Hirte den Weg weisen.«

Ohne ein Wort mehr zu sagen, zog Childe Rowland das besondere Schwert seines Vaters und hieb dem Pferdehirten den Kopf ab. Dann ritt er weiter, kam zu der Rinderherde und fragte den Hirten dort nach dem dunklen Turm.

»Davon weiß ich nichts«, antwortete der Mann, »aber reite ein Stück weiter, und du wirst eine Frau treffen, die Hühner hält. Die kann es dir gewiß sagen.«

Da zog Childe Rowland abermals sein Schwert und hieb dem Rinderhirten den Kopf ab.

Nach geraumer Zeit begegnete er einer alten Frau in einem grauen Mantel, und es kam ihm in den Sinn, daß dies gewiß die Hühnerfrau sein müsse. Da fragte er sie, ob sie wisse, wo der dunkle Turm liege.

»Reitet noch weiter«, sprach die Frau, »bis Ihr an einen runden, grünen Hügel kommt. Dort müßt Ihr dreimal ringsherum reiten, und zwar entgegengesetzt zum Lauf der Sonne, und dabei müßt Ihr sagen:

Tür, Tür, Tür
Tu dich auf,
laß mich ein!

Beim dritten Mal wird die Tür sich öffnen, und Ihr müßt dann eintreten.«

Childe Rowland wollte gerade ungestüm weiterreiten, als ihm einfiel, was noch zu tun war. Er zog sein Schwert und schlug auch der alten Frau in dem grauen Mantel den Kopf ab. Weiter ritt er, bis er an den runden, grünen Hügel kam, und dort sprang er aus dem Sattel. Er entdeckte eine niedrige Tür, aber sie war fest verschlossen. In entgegengesetzter Richtung zum Lauf der Sonne ritt er dreimal um den Hügel herum und sprach:

»Tür, Tür, Tür
Tu dich auf,
laß mich ein!«

Zweimal umritt er den Hügel. Die Tür blieb verschlossen. Aber beim dritten Mal öffnete sie sich, und Childe Rowland trat ein. Sofort schlug die Tür wieder zu.

Er erkannte einen Gang, hoch genug, um aufrecht hindurchzugehen. Es gab aber weder Fenster noch Lampen, und er wußte auch nicht, woher das weiche Licht kam.

Die Luft war warm, wie das immer im Elfenland ist. Er schritt vorsichtig voran, bis er am Ende des Ganges eine breite und hohe Tür sah, und als er sie mutig aufstieß, bot sich ihm ein überwältigender Anblick.

Er stand in einer großen, hohen Halle, ähnlich einem Kirchenschiff. Die Pfeiler waren aus Gold und Silber, und an den Kapitellen hingen Blumengirlanden aus Edelsteinen. Von der Mitte des hohen Daches hing an einer goldenen Kette eine riesige Lampe herab, die aus einer ausgehöhlten Perle gefertigt zu sein schien. In der Mitte der Perle aber saß ein besonders großer Diamant, dessen Funkeln den ganzen weiten Raum erhellte.

In der einen Ecke des Raumes stand ein Sofa mit Seide überzogen, und dort sah Childe Rowland seine Schwester Burd Ellen sitzen und sich ihr blondes Haar mit einem silbernen Kamm kämmen. Als sie Childe Rowland sah, sprang sie auf. In ihrem Gesicht spiegelten sich Furcht und Angst. Und sie sprach: »Gnade dir Gott, du armer Narr, was hast du hier zu suchen? Hör mich an, mein jüngster Bruder, warum bist du nicht daheim geblieben? Wenn du hunderttausend

Leben hättest, ist auch nur eines hier verschwendet. Setz dich hin und klage. Klage, daß du je geboren wurdest, denn kommt der König der Elfen herein, so ist dein Schicksal besiegelt! »

Aber Childe Rowland begrüßte sie und beruhigte sie. Als sie sich hingesetzt hatte, erkundigte er sich nach seinen beiden Brüdern. Sie fing an zu weinen, und dann erzählte sie, wie erst der eine und dann der andere zum dunklen Turm gekommen sei, wie der König der Elfen beide verzaubert habe und wie sie nun in einem steinernen Sarg lägen, als seien sie tot.

Nachdem sie eine Weile gesprochen hatten, spürte Childe Rowland, daß er schwach und hungrig geworden war von der langen Reise, und ohne an Merlins Warnung zu denken, bat er die Schwester, sie möge ihm etwas zu essen geben. Burd Ellen sah ihn traurig an und schüttelte den Kopf. Sie war verzaubert und konnte ihn nicht deutlicher warnen. Sie stand auf und kam gleich darauf mit einer goldenen Schüssel voller Brot und Milch wieder. Childe Rowland wollte die Schüssel gerade an die Lippen setzen, da fiel ihm gerade noch rechtzeitig Merlins Warnung ein. Er ließ die Schüssel fallen und rief: »Nicht einen Schluck will ich trinken, nicht einen Bissen essen, ehe nicht Burd Ellen frei ist!«

Kaum hatte er das gesagt, da hörte er schwere Schritte, und eine laute Stimme rief:

»Ich rieche, ich rieche Christenblut.
Sei er lebendig oder tot,
er ist in Pein und Not.
Ich lecke mir schon meine Tatzen,
ich will das Hirn ihm aus dem Schädel kratzen.«

Bei diesen Worten sprangen alle Türen der großen Halle auf, und herein kam der schreckliche König des Elfenlandes, das Schwert in der Hand. Aber Childe Rowland hatte keine Angst. Auch er hatte sein Schwert gezogen.

»Schlag nur zu, wenn du dich traust!« rief er und warf sich dem König entgegen.

Sie fochten. Lange fochten sie, mal schien der eine, mal der andere im Vorteil, aber am Ende bat der König vom Elfenland um Gnade: »Ich will dein Leben schonen«, sprach Childe Rowland, »wenn du mir versprichst, den Zauber, der auf meiner Schwester liegt, aufzuheben. Darauf mußt du meine beiden Brüder zum Leben erwecken und uns alle aus dem dunklen Turm fortziehen lassen.«

Der besiegte König versprach es, also erlaubte Childe Rowland ihm, sich zu erheben. Der Elfenkönig ging darauf zu einer großen schweren Kiste und holte eine kleine Kristallflasche heraus, die mit einer blutroten Flüssigkeit gefüllt war. Dann führte er Childe Rowland vor die Särge seiner beiden Brüder. Der Elfenkönig träufelte ihnen etwas von der roten Flüssigkeit auf die Augen, die Nase, die Lippen und die Fingerspitzen. Kaum war dies geschehen, da sprangen sie auf und erzählten Childe Rowland, ihre Seele habe sich weit von ihrem Körper entfernt, sei aber nun wieder zu ihnen zurückgekehrt. Als nächstes sprach der König einen Zauberspruch über Burd Ellen. Da wich der Zauber auch von ihr.

Der König gab den Geschwistern die kleine Kristallflasche mit. Childe Rowland nahm sie in Verwahrung, und sie machten sich auf der Stelle auf den Heimweg. Noch einmal mußten sie durch den langen Gang. Die Türen öffneten sich, sobald sie die Klinken berührten, und schlossen sich von allein wieder hinter ihnen. Glücklich waren sie, das Tageslicht wiederzusehen, und wandten dem dunklen Turm den Rücken zu.

Als sie so frohen Mutes heimwärts zogen, erinnerte sich Childe Rowland der Hühnerfrau, des Rinderhirten und des Pferdehirten. Sie lagen alle tot da, aber kaum hatte ein Tropfen von dem Elixier aus der Kristallflasche ihre Haut genetzt, da sprangen sie auf und fühlten sich wie neu geboren.

Als die Geschwister endlich daheim ankamen, lachte die gute Königin vor Freude und befahl, ein großes Fest auszurichten, bei dem jeder im Königreich, ob arm oder reich, mitfeiern und sich mit ihr freuen sollte, daß die schöne Burd Ellen und ihre drei Brüder gesund und wohlbehalten wieder bei ihr waren.

Der Schneider und die Feen

Es war einmal ein Schneider, der über Land reiste und Gehöfte und Dörfer besuchte, wo er alte Kleider zurechtflickte und den Leuten neue Kleider nähte.

Er hieß Thomas mit Namen. Einmal kam Thomas in ein Bauernhaus, und während er dort arbeitete, unterhielt er sich auch dann und wann mit der Bauersfrau. Einmal sah er nun, wie sie eine Schüssel auf die Türschwelle stellte. Das tat sie jeden Abend, und in der Schüssel war Rahm für die Feen und Kobolde.

»Glaubst du wirklich und wahrhaftig, daß eine Fee oder ein Kobold kommt und den Rahm aufschleckt?« fragte der Schneider großspurig.

»Aber gewiß doch«, antwortete die Bauersfrau.

»Ha«, sagte der Schneider, »wenn mir je ein Kobold oder eine Fee begegnen sollten, würde ich dieses Gelichter in eine Flasche sperren, und darin sollten sie bleiben, damit sie keine Dummheiten mehr machen können.«

»Hüte deine Zunge, Schneider«, sagte die Bauersfrau, »jemand von dem Feenvolk könnte dich hören. Dann bekommst du Ärger. Sie können sehr boshaft sein, wenn man sie beleidigt.«

»Ich habe keine Angst vor ihnen«, sagte Thomas, biß den Faden durch, den er gerade benutzt hatte, und preßte die Naht, an der er gerade nähte, auf sein Ärmelbrett, »solche Dinge gibt es doch überhaupt nicht, also kann ich auch davon reden, was und soviel ich will.«

»Du bist ein Narr«, sagte die Bauersfrau.

Als es nun zu dunkeln begann, war der Schneider mit seiner Arbeit fertig. Er legte Nadel, Zwirn und Schere in seinen Beutel und nahm das Ärmelbrett unter den Arm. »Ich mache mich davon, ehe es ganz dunkel wird«, sagte er, »meine Frau wird schon auf mich warten.« »Hier, nimm das mit«, sagte die Bauersfrau, »dein Weib wird sich darüber freuen, das weiß ich.«

Und sie gab ihm ein großes Stück Speck von dem Schwein mit, das sie jüngst geschlachtet hatte.

»Danke«, sagte Thomas, der Schneider, »und Euch eine gute Nacht.«

»Paßt unterwegs auf Euch auf«, rief ihm die Bauersfrau noch nach, »und hütet Euch vor den Feen! »

»Ha«, stieß der Schneider hervor, »die sollen nur kommen!«

Thomas schritt tüchtig aus. Er blieb ein Stück auf dem Weg, der hinter dem Gehöft entlangführte, dann aber kletterte er über einen Zaun und nahm die Abkürzung durch die Wiesen.

Dabei wechselte er seinen Beutel von der einen Hand in die andere, und seine Schere fiel heraus.

Thomas stellte das Ärmelbrett ins Gras, legte den Beutel und das Stück Speck daneben und begann, die Schere zu suchen. Man hätte denken sollen, er hätte sie gleich gefunden, aber sie war nirgends zu sehen.

»Wo kann sie nur sein«, murmelte er, »was ist ein Schneider ohne Schere, und außerdem war dies ein besonders gut gearbeitetes Stück. Ich werde wohl morgen früh noch einmal zurückkommen müssen, um danach zu suchen.« Er griff sich seinen Beutel, die Speckseite, aber wo war das Ärmelbrett? Das war doch nun wirklich groß genug, um nicht übersehen zu werden, selbst wenn es nun schon ziemlich dunkel war. Er stellte den Beutel wieder ab und legte den Speck daneben. Er tastete im Gras. Nichts. Er wußte, das Brett konnte nicht weit sein, also kniete er sich nieder, um es zu suchen.

»Die Pest soll es holen«, schimpfte er vor sich hin, »das ist jetzt wohl auch fort. Nun, über Nacht wird es kaum jemand wegschleppen. Ich gehe besser heim zu meiner Frau und esse mit ihr von dem Speck, solange ich den noch habe.«

Leichter gesagt als getan. Als er nun in den Beutel griff, war auch die Speckseite nicht mehr zu finden. Er suchte das halbe Feld danach ab. Das Wasser lief ihm im Munde zusammen, einen solchen Hunger hatte er, aber alles, was er fand, waren Steine und Disteln. Also würde er nur seinen Beutel heimbringen. Er war wütend. Er rannte zu der Stelle, an der er ihn ins Gras gelegt hatte. Aber jetzt war auch der Beutel fort. Er dachte: Ich muß mich in dem Platz geirrt haben. Aber nein, der Stein, den er sich vorhin gemerkt hatte, war noch da, nicht aber der Beutel.

»Wenn ich nur Licht hätte und etwas sehen würde«, stöhnte Thomas, »wie soll ich nur ohne Zwirn, Nadel, Schere und Ärmelbrett zurechtkommen?«

Er lief heimwärts. Jedenfalls glaubte er, in die Richtung zu laufen, in der sein Haus stand. Aber er hatte sich bei der Suche nach seinen Dingen so oft im Kreis bewegt, daß er jetzt in die Irre ging. Mittlerweile war es pechschwarze Nacht geworden.

Da erkannte er zu seiner Freude mitten auf dem Feld ein Licht. Er rief um Hilfe, aber das Licht bewegte sich nicht. »He da! Bringt mir das Licht her. Wer immer es auch sein mag, helft mir doch, bitte!« rief er, so laut er konnte.

»Komm doch und hol es dir, komm her und hol es dir«, antwortete eine spöttische Stimme.

Der Schneider ging auf das Licht zu, aber wie er sich auch beeilte, jagte und haschte, immer bewegte sich das Licht wieder von ihm fort. Dann wieder kam es ganz nahe, wenn er aber hoffte, es der unbekannten Person entreißen zu können, entwischte es ihm wieder. Thomas stürzte in Gräben. Seine Hose wurde beschmutzt. Er blieb an den Zweigen von Dornenbüschen hängen, zerkratzte sich das Gesicht, zerriß sich die Kleider. Er folgte dem Licht, und als er ihm ganz nahe war, erlosch es plötzlich.

Er sah zum Himmel. Es begann gerade hell zu werden. Er hörte das Geräusch von klappernden Milcheimern von einem Bauernhof her und fand schließlich heraus, daß er ganz nahe am Tor des Gehöfts stand, von dem er gekommen war. Und vor seinen Füßen, im Gras, lagen all jene Dinge, die er verloren hatte.

Der Schneider war viel zu müde, um auf der Stelle heimzugehen. Er klopfte im Bauernhaus an. Die Bäuerin öffnete ihm und schlug bei seinem Anblick die Hände über dem Kopf zusammen.

Sie half ihm, seine Kleider zu säubern, und sie gab ihm ein Frühstück. Und nachdem sie ihm etwas zu essen hingestellt hatte, sagte sie: »Ich nehme an, Ihr seid den Feen begegnet. Habt Ihr vielleicht ein paar von ihnen in der Flasche gefangen?«

Thomas blieb ihr die Antwort schuldig. Und von diesem Tag an sagte er überhaupt nie mehr ein Wort, wenn von Feen und Kobolden die Rede war.

Die Feen auf Selena Moor

Da war einmal ein Bauer, der hieß Noy, ein wohlgelittener Mann, der nahe Selena Moor lebte. Eines Abends ging er zu einer nahegelegenen Schenke, um Ale für das Herbstfest am nächsten Tag zu bestellen. Er verließ die Schenke wieder, kam aber nicht mehr daheim an. Man suchte nach ihm über drei Tage und fand endlich, eine halbe Meile von seinem Haus entfernt, bellende Hunde und ein wieherndes Pferd. Die Männer, die ihn suchten, mußten über einen gefährlichen Sumpf und gelangten dann in ein Dickicht, wo Mr. Noys Pferd angebunden war und die Hunde neben dem Tier saßen. Das Pferd war wohlgenährt von dem dichten Gras, das sich dort fand, aber die Hunde waren sehr abgemagert. Das Pferd führte sie zu einer verfallenen Scheune, und dort fanden sie Mr. Noy, der fest schlief. Er schien verwirrt, und er war erstaunt. Aber schließlich konnte er ihnen erzählen, was geschehen war.

Er war auf einer Abkürzung durch das Moor geritten, hatte sich verirrt und war dann über viele Meilen hin durch eine ihm völlig unbekannte Gegend gekommen, bis er Lichter sah und in der Ferne Musik hörte. Er meinte nun, er sei an ein Bauernhaus gekommen, wo die Leute vielleicht das Herbstfest mit einem Essen feierten, und er ritt, wohin das Licht und der Klang ihn lockten. Plötzlich scheute sein Pferd und war nicht von der Stelle zu bringen. Es blieb ihm schließlich nichts anderes übrig, als es an einen Dornbusch anzubinden. Dann ging er durch einen gepflegten Garten auf das Haus zu.

Vor dem Haus sah er viele Menschen, die dort tanzten oder an langen Tischen saßen, aßen und zechten.

Sie waren alle gut gekleidet, kamen ihm aber ungewöhnlich klein vor, und ihre Bänke und Tische, ihre Teller und Becher waren auch alle winzig. Auf einmal stand neben ihm ein Mädchen, größer als die anderen, in einem weißen Kleid. Sie schlug eine Art Tambourin. Die Melodie klang hübsch, und die Tänzer bewegten sich geschickt im Takt. Dann gab das Mädchen seine Trommel einem Burschen in die Hand und lief ins Haus, um eine Kanne Ale für die Gesellschaft zu holen. Mr. Noy, der gern tanzte und nichts gegen einen Becher Bier einzuwenden gehabt hätte, ging auf das Haus zu, aber das Mädchen gab ihm durch Blicke zu verstehen, er solle bleiben, wo er sei.

Sie sprach ein paar Worte mit dem Mann, der jetzt das Tambourin hielt, und kam dann zu Noy.

»Komm mit in den Obstgarten«, sagte sie.

Sie führte ihn zu einem Platz, wo er im Licht der Sterne Grace Hutchens erkannte, jenes Mädchen, das seine Liebste gewesen und vor drei oder vier Jahren gestorben war. »Danke den Sternen, William«, sprach sie, »daß ich auf der Hut war und dich zurückhalten konnte! Einen Augenblick später, und du wärest einer des kleinen Volkes geworden, so wie es mir ergangen ist.«

Er wollte sie küssen, aber sie hieß ihn, sie nicht zu berühren, und verbot ihm auch, eine der Früchte von den Bäumen zu essen oder eine Blume abzupflücken, wenn er je wieder zu den Sterblichen zurückwolle.

»Weil ich in diesem verzauberten Obstgarten eine Pflaume gegessen habe, bin ich jetzt eine Fee«, erklärte sie ihm. »Es mag dir seltsam erscheinen, aber es geschah aus Liebe zu dir. Die Leute glaubten, sie hätten mich tot im Moor gefunden. Was man jedoch begrub, war ein Wechselbalg. Ich fühle mich lebendig, so wie zu der Zeit, als ich mit dir zusammen war, Liebster.«

Als sie das sagte, riefen mehrere dünne Stimmchen fordernd: »Grace, Grace, bring uns mehr Bier und Cider, aber rasch!«

»Komm mit«, sagte sie zu William, »aber paß auf, daß dich keiner sieht, und noch einmal, wenn dir dein Leben lieb ist, dann pflücke keine Frucht und keine Blumen.«

Noy bat sie um ein Glas Cider, aber sie verweigerte ihm auch das, doch bald war sie zurück, und sie gingen zusammen im Blumengarten spazieren, und während sie dort umhergingen, erzählte sie ihm, wie sich alles zugetragen hatte.

Eines Abends in der Dämmerung war sie ins Moor gegangen, um nach einem Schaf zu suchen. Sie hatte William nach seinen Hunden rufen hören und wollte über eine Abkürzung zu ihm hinlaufen. Sie war an eine Stelle gekommen, an der die Farne ihr bis über den Kopf reichten. Vergebens hatte sie weiter nach ihrem Liebsten gesucht, bis sie schließlich in den Obstgarten gelangt war und die Musik gehört hatte. Den Garten aber hatte sie nicht mehr verlassen können. Es war da etwas gewesen, das sie festhielt und gegen das sie nicht ankonnte. Erschöpft, hungrig und durstig hatte sie eine der goldenen Pflaumen von einem Baum gepflückt und gegessen. In ihrem Mund wurde die Frucht zu bitterem Wasser, und darauf war sie ohnmächtig zu Boden gesunken. Als sie wieder zu sich kam, sah sie sich von einer Menge des kleinen Volkes umringt. Die Leute lachten und freuten sich, daß sie ein so hübsches Mädchen gefunden hatten, das für sie backen, Ale brauen und nach den Babys schauen würde, die sie den Sterblichen gestohlen hatten.

Grace erzählte William viel von den Eigenschaften der Feen.

»Sie haben wenig Verstand und wenig Gefühl. Eigentlich erinnern sie sich nur an das, was angenehm war, als sie noch unter den Sterblichen lebten – und das ist bei manchen über tausend Jahre her. Was aber einem Sterblichen so vorkommt wie rotbäckige Äpfel oder andere köstliche Früchte, sind in Wirklichkeit nur saure Schlehen, Kieselsteine und Blaubeeren.«

William fragte sie, ob denn die Feenfrauen auch Kinder zur Welt brächten, und Grace meinte, von Zeit zu Zeit komme das schon vor. Da sei jedesmal große Freude, denn jeder der kleinen Feenmänner halte sich für den Vater. »Und außerdem mußt du wissen«, erzählte sie, »sie haben eine andere Religion, sie beten die Sterne an. Sie leben auch nicht in Treue zusammen wie die Christenmenschen, sondern sie bleiben bei der Frau oder dem Mann, bei denen sie gerade stehen, wenn es Nacht wird und sie müde werden vom Tanzen. Jedenfalls ist es bei dem Volk, bei dem ich bin, so üblich.«

Grace sagte ihm auch, sie sei nun mit ihrem Schicksal zufrieden, denn sie könne sich in einen kleinen Vogel verwandeln, und wenn sie gar zu große Sehnsucht nach ihm habe, fliege sie in die Nähe seines Hauses.

Sie wurde wieder gerufen, um die Feengesellschaft zu bedienen, und Noy sann nach einer Möglichkeit, das Mädchen und sich zu retten.

Paßt gut auf jetzt, damit ihr Bescheid wißt, wenn ihr selbst einmal in solche Gelegenheit kommen solltet!

Er nahm seine Handschuhe aus der Tasche, kehrte deren Innenseite nach außen und warf sie unter die Feen. Sofort waren sie alle verschwunden. Grace mit ihnen. Noy aber befand sich in der Ruine der Scheune. Jemand schien ihm einen Schlag auf den Kopf versetzt zu haben, denn er stürzte zu Boden. Darauf versank er in tiefen Schlaf, aus dem die Männer, die nach ihm gesucht hatten, ihn weckten.

Wie die meisten Sterblichen, die das Feenreich besucht haben, verlor auch William Noy nach diesem Abenteuer jegliche Freude am Leben unter den Sterblichen.

Das einzige, woran er noch Gefallen fand, waren die Melodien eines Vogels vor dem Fenster seines Hauses.

Märchen aus Wales

Die Frau aus dem See

Hoch oben in den Black Mountains, im Süden von Wales, liegt in einer Senke ein schöner See, der Llyn y Fan Fach genannt wird.

Auf einem Bauernhof in der Nähe lebte in alten Zeiten eine Witwe und deren einziger Sohn mit Namen Gwynn. Als er herangewachsen war, übernahm er es, nach dem Vieh auf den Bergweiden zu schauen. Es gab eine Stelle mit üppigem Gras nahe dem See. Dorthin zogen die Tiere immer wieder.

Eines Tages, als Gwynn am Ufer entlanglief, war er nicht wenig erstaunt, in einiger Entfernung vom Land auf dem klaren, glatten Wasser eine Frau stehen zu sehen.

Sie war entschieden das schönste Wesen, das ihm je unter die Augen gekommen war. Sie kämmte ihr langes Haar mit einem goldenen Kamm. Die regungslos daliegende Wasserfläche diente ihr als Spiegel.

Da stand Gwynn nun am Ufer, starrte wie gebannt auf das Mädchen und wußte sofort, daß er es liebte. Während er zu ihr hinsah, hielt er ihr wie im Traum das Gerstenbrot und ein Stück Käse hin, die Speisen, die er von daheim mitgebracht hatte. Langsam kam die Frau auf ihn zu. Sie schaute auf seine lockend ausgestreckte Hand, schüttelte den Kopf und sprach:

»*Gras dy fara.*
Nid hawdd fy nala.
(Ach du, mit deinem vertrockneten Brot.
So leicht ist es nicht, mich zu verlocken!)«

Dann tauchte sie unter und war verschwunden.

Der junge Mann ging heim und erzählte seiner Mutter, was er erlebt hatte.

Als sie darüber nachdachten, was es wohl mit jenem Satz auf sich haben könne, den die schöne Frau gesprochen hatte, kamen sie zum Schluß, daß es irgendeinen Zauber geben müsse, der mit Brot zusammenhinge, und die Mutter riet dem Sohn, rohen Teig einzustecken und ihr den anzubieten.

Am nächsten Morgen, ehe noch die Sonne über einer der benachbarten Gebirgsketten aufgegangen war, stand Gwynn wieder am See. Er wartete sehnsüchtig darauf, daß sich das Feenwesen wieder zeigen werde. Die Sonne ging auf. Sie stieg höher und höher und vertrieb die Nebel. Immer noch starrte der junge Mann unverwandt auf die Wasserfläche. Nichts rührte sich dort.

Am Nachmittag endlich überkam den Wartenden die Verzweiflung. Er wollte sich gerade enttäuscht umdrehen und fortgehen, da zeigte sich die schöne Frau abermals. Sie erschien Gwynn womöglich noch schöner als beim ersten Mal, und über seinem verliebten Starren und Staunen vergaß der Junge ganz und gar, was er sich vorgenommen hatte.

Endlich aber streckte er doch die Hand mit dem Teig aus. Sie aber lehnte auch dieses Geschenk ab und rief ihm zu:

»Llaith dy fara, Ti ni fynn.

(Ach, du mit deinem feuchten Brot.

Ich will dich nicht haben.)«

Doch ehe sie wieder im Wasser untertauchte, lächelte sie dem jungen Mann ermunternd zu, so daß seine Liebe zu ihr noch heftiger wurde.

Als er langsam heimwärts lief, tröstete er sich mit der Erinnerung an ihr Lächeln, und es schien ihm nicht ganz ausgeschlossen, daß sie beim nächsten Mal doch sein Geschenk annehmen werde.

Er erzählte seiner Mutter, was geschehen war. Diese riet ihm, der jungen Frau das nächste Mal ein halbdurchgebackenes Brot anzubieten.

In dieser Nacht tat Gwynn kein Auge zu. Mit dem ersten Licht des neuen Tages stand er mit dem halbdurchgebackenen Brot in der Hand am Rand des Sees und sah auf dessen spiegelnde Fläche hin. Die Sonne ging auf. Es begann zu regnen. All dies kümmerte Gwynn nicht. Er beobachtete gebannt das Wasser.

Der Vormittag verstrich. Der Nachmittag auch. Es begann einzudunkeln. Noch immer hatte sich die Frau aus dem See nicht gezeigt.

Die Schatten der Nacht krochen heran. Gwynn bedachte, daß es Zeit sei, sich auf den Heimweg zu machen. Er warf noch einen letzten Blick auf den See. Da plötzlich sah er einige Kühe aus dem Wasser steigen. Der Anblick der Tiere machte ihm wieder Hoffnung. Vielleicht, daß nun auch die Frau noch kommen würde. Es dauerte nun nicht mehr lange, da tauchte sie auch auf, schöner anzuschauen denn je. Gwynns Erregung wuchs, als er sah, daß sie sich zusammen mit den Kühen auf das Land zu bewegte. Er watete ihr ins Wasser entgegen, das halbdurchgebackene Brot auf der ausgestreckten Hand.

Lächelnd nahm sie das Geschenk an und ließ es zu, daß er sie aufs trockene Land führte.

Von ihrer Schönheit war er ganz geblendet. Als er sie so genau anschaute, bemerkte er, daß sie an den Füßen Sandalen trug, die auf eine ganz ungewöhnliche Art geschnürt waren. Sie lächelte ihn freundlich an, und endlich fand er die Sprache wieder und sagte:

»Frau aus dem See, ich liebe Euch. Ich möchte Euch heiraten.«

Zuerst sagte sie nicht »ja«. Aber er redete ihr solange zu, bis sie am Ende doch versprach, seine Frau zu werden. Nur eine Bedingung stellte sie.

»Ich werde dich heiraten«, sagte sie, »und ich werde auch bei dir leben. Aber wenn du mich das dritte Mal grundlos schlägst, werde ich dich wieder verlassen.«

»Eher schlüge ich mir meine Hand ab«, rief er. Da rannte sie plötzlich wieder von ihm fort und stürzte sich in den See.

In seiner Verzweiflung war er nun fest entschlossen, seinem Leben ein Ende zu machen und sich an der tiefsten Stelle ebenfalls in den See zu stürzen. Er erstieg einen hohen Felsen, der ins Wasser überhing, und wollte gerade hinabspringen, als ihn jemand mit lauter Stimme anrief:

»Nicht doch, du voreiliger Bursche. Komm hierher!«

Er wandte sich um und erkannte am Seeufer in einiger Entfernung von dem Felsen einen weißhaarigen Mann und zwei Mädchen.

Zitternd stieg er wieder vom Felsen herunter, ging dem alten Mann entgegen, und der redete ihn in beruhigendem Tonfall an.

»Sterblicher«, sprach er, »du willst also eine meiner Töchter zur Frau nehmen. Ich bin mit dieser Verbindung einverstanden, vorausgesetzt, du kannst mir zeigen, welche es ist, die du liebst.«

Gwynn sah die beiden Mädchen an. Sie waren sich täuschend ähnlich in Statur, Gesichtsausdruck und Schönheit.

Bei der Vorstellung, daß er vielleicht die Falsche wählen könnte, überkam ihn wieder Verzweiflung.

Er wagte keine Entscheidung und sah nur unverwandt zu den beiden hin.

Da sah er, daß die eine den Fuß etwas vorschob, und dabei erkannte er wieder die ungewöhnliche Weise, in der sie ihre Sandalen geschnürt trug. Da ging er auf dieses der beiden Mädchen zu und faßte es an der Hand.

»Du hast richtig gewählt«, sagte der alte Mann, »sei ihr ein guter Ehemann. Ich will ihr als Mitgift soviel Schafe, Rinder und Ziegen mitgeben, wie sie zählen kann, ohne dabei Atem holen zu müssen. Aber vergiß nicht die Bedingung, wenn du sie grundlos dreimal schlägst, wird sie zu mir zurückkehren müssen.« Gwynn war überglücklich, und was die Schläge anging, so sagte er, werde es nie dazu kommen. Der alte Mann lächelte, wandte sich seiner Tochter zu und hieß sie, mit dem Zählen zu beginnen.

Sie zählte immer bis fünf, aber dies so oft sie konnte, ohne Atem holen zu müssen. Sofort erschien die Menge Schafe, die sie gezählt hatte. Dann zählte sie um Rinder, und die Rinder erschienen. Und so kamen die beiden Brautleute auch noch zu Ziegen, Schweinen und Pferden. Dann verschwanden der Alte und seine andere Tochter.

Die Frau aus dem See und Gwynn aber heirateten.

Sie bezogen einen Bauernhof, der Ysgeir Llaethdy genannt wird. Dort lebten sie viele Jahre glücklich.

Alles gedieh bei ihnen. Drei Söhne wurden ihnen geboren.

Als nun der älteste Sohn sieben Jahre alt war, gab es in der Nähe eine Hochzeitsfeier. Nelferch, so hieß die Frau aus dem See, und ihr Mann waren dazu eingeladen.

Als der Tag des Festes herankam, machten sich beide zu den Nachbarn auf den Weg. Sie wanderten über Wiesen, auf denen einige ihrer Pferde weideten. Da meinte Nelferch, der Weg werde ihr zu lang, sie wolle lieber nicht mitkommen.

»Wir müssen dahin«, sagte ihr Mann, »und wenn du nicht laufen magst, so reite doch auf einem der Pferde. Fang dir doch eines ein. Ich gehe unterdessen noch einmal heim und hole dir Sattel und Zaumzeug.«

Er ging nach Haus zurück, und als er mit dem Sattel und dem Zügel zurückkam, stellte er zu seinem Erstaunen fest, daß sich die Frau nicht von der Stelle bewegt hatte.

Auf die Pferde deutend, versetzte er ihr mit dem Handschuh einen leichten Schlag auf den Arm und sagte:

»Nun geh doch endlich.«

»Das war der erste grundlose Schlag, den du mir versetzt hast«, sagte sie mit einem Seufzer und erinnerte ihn an die Bedingung, die bei ihrer Heirat festgelegt worden war.

Viele Jahre später waren sie bei einer Taufe. Als nun die Gäste ausgelassen und fröhlich feierten, brach Nelferch plötzlich in Tränen aus.

Gwynn stieß sie mit der Hand an, weil er es unpassend fand, daß jemand bei einem solchen Ereignis weine.

»Warum mußt du nur weinen!« sagte er.

»Ich weine«, erwiderte sie, »weil dieses arme Wurm so schwach und ausgezehrt ist, daß es nicht lange Freude an dieser Welt haben wird. Es wird bald sterben müssen. Außerdem, gerade hast du mich zum zweiten Mal geschlagen.«

Darauf war Gwynn bei Tag und Nacht auf der Hut vor einem dritten Schlag. Kurz nach der Taufe erkrankte das Kind, wie Nelferch dies vorhergesagt hatte, und starb bald darauf.

Gwynn und seine Frau gingen zu der Beerdigung. Mitten in der Totenfeier brach Nelferch zum Erstaunen aller in Gelächter aus. Ihr Mann, bestürzt darüber, versetzte ihr einen leichten Schlag auf den Arm und sagte:

»Still, Weib, was gibt es denn da zu lachen?«

»Ich lache«, erwiderte sie, »weil das arme Kind nun endlich von seinen Schmerzen befreit und wieder glücklich ist.«

Dann aber fügte sie noch hinzu:

»Das war der dritte Schlag, den du mir versetzt hast. Ich muß dich jetzt verlassen.«

Sofort brach sie nach Ysgeir Llaethdy auf. Und als sie dort ankam, rief sie ihr Vieh, von dem sie jedes Tier beim Namen kannte, zusammen. Und dies war es, was sie den Tieren zurief:

»Mu wlfrech, moelfrech,
Mu olfrech, gwynfrech,
Pedair cae tonn-frech,
Yr hen wynebwen,
A'r las Geigen,
Gyda'r tarw gwyn.
Olys y Brenin
A'r llo du bach,
Sydd ar y bach,
Dere dithe yn iach adre!

(Gescheckte Kuh und kühn gefleckte, du mit den Punkten, mit den weißen Streifen, Ihr vier Schwärzlichen, du alte mit dem weißen Gesicht, du graue Geiß und du weißer Bulle.

Vom Hof des Königs und du kleines schwarzes Kalb, das vom Haken herabhängt geschlachtet, kommt alle her. Wir ziehen heim.)«

Alle gehorchten sofort dem Befehl ihrer Herrin. Selbst das kleine schwarze Kalb wurde wieder lebendig, löste sich vom Haken und lief mit den anderen Rindern, Schafen, Ziegen, Schweinen und Pferden davon.

Nun war dies im Frühjahr, und vier Ochsen gingen im Pflug auf den Feldern. Ihnen rief sie zu:

»*Y pedwar eidion glas, Sydd ar y ma's,*
Deuwch chwithe Yn iach adre!
(Ihr vier grauen Ochsen dort auf dem Feld. Kommt alle heil und ganz heim!)«

Fort zog also alles Vieh aus der Mitgift mit der Frau aus dem See, über das Gebirge, bis hin zu jenem Gewässer, aus dem sie gekommen war. Und dort verschwand sie. Die einzige Spur, die zurückblieb, war eine Furche, denn einer der Ochsen schleppte noch den Pflug hinter sich her.

Gwynn brach das Herz. Er folgte seiner Frau zum See und stürzte sich in das eiskalte Wasser. Auch die Söhne waren ihr gefolgt. Die Männer irrten am Ufer umher, wateten durch das Wasser. Alles schien vergeblich. Eines Tages wurde ihre Ausdauer belohnt. Nelferch erschien noch einmal.

Sie sagte ihnen, es sei ihre Aufgabe auf Erden, das Elend und die Leiden der Menschen zu lindern. Sie führte sie zu einer Stelle, die noch immer die »Schlucht der Ärzte« (Pant y Meddygon) genannt wird. Dort machte sie die Männer mit der Wirkung der Kräuter bekannt und lehrte sie die Kunst des Heilens.

Dank dieser Unterweisung wurden sie die besten Ärzte des Landes. Rhys Grug, der Herr von Llandovery und Dynevor Castle, verlieh ihnen Land, Rang und Privilegien in Myddfai, damit sie dort ihre Heilkunst ausüben könnten. Und der Ruhm der Ärzte von Myddfai verbreitete sich über ganz Wales.

Rhys und Llywelyn

Rhys und Llywelyn, zwei Knechte, kehrten eines Abends bei Einbruch der Dunkelheit aus dem Gebirge heim, wo sie Torf gestochen hatten. Sie gingen durch den Wald, als Rhys plötzlich sagte:

»Warte, hörst du auch diese wunderbare Musik? Das ist eine Melodie, nach der ich schon hundert Mal getanzt habe. Da kann ich nicht widerstehen. Ich muß die Musikanten finden und mittanzen. Wenn du hier nicht warten willst, so geh derweil ruhig schon heim. Ich komme bald nach.«

»Musik und Tanzen«, sagte Llywelyn, »ich höre keine Musik. Wie willst du dann welche hören? Komm, komm. Das bildest du dir alles nur ein. Geh mit mir heim.«

Er hätte sich seinen Atem sparen können, um den Haferbrei damit zu blasen, der in Llwyn y Ffynon auf ihn wartete, denn Rhys war schon zwischen den Bäumen verschwunden.

Llywelyn mußte also den Heimweg allein fortsetzen. Während er so dahinging, überlegte er sich, ob all das Gerede von der Musik vielleicht nur eine Entschuldigung dafür sein mochte, daß Rhys in die Bierschenke wollte, die fünf Meilen weit entfernt lag. Also verzehrte er daheim sein Abendessen, und was übrig geblieben war, stellte er in den Stall, damit sein Kamerad auch noch etwas habe, wenn er spät heimkäme.

Als er einmal in der Nacht aufwachte und Rhys immer noch nicht da war, beunruhigte ihn das weiter nicht. Er stellte sich vor, daß das Bier Rhys Lust gemacht haben mochte, auf Freiersfüßen zu gehen. Dann würde er gewiß erst kurz vor Tagesanbruch zurückkommen, wie das schon häufig geschehen war. Als der nächste Morgen kam, war Rhys immer noch nicht aufgetaucht, und als Llywelyn von seinem Herrn gefragt wurde, was denn mit seinem Kameraden sei, konnte er auch nur jene Bemerkung wiederholen, mit der der andere ihn verlassen hatte.

Da es an diesem Tag viel zu tun gab, wurde ein Bote, der nach Rhys forschen sollte, zu der Bierschenke geschickt. Er kam aber unverrichteterdinge wieder zurück und brachte die Nachricht, Rhys sei am Abend nicht dort gewesen.

Nach und nach wurde es allen etwas unheimlich. Der Herr befragte Llywelyn genauer, und der wiederholte, sie seien durch den Wald gegangen, da habe Rhys plötzlich Musik gehört und ihn mit der Bemerkung verlassen, zu dem Tanz müsse er hin. Man suchte nach dem Vermißten. Es fand sich aber auch nicht die geringste Spur. Im weiten Umkreis hatte an diesem Abend kein Tanz stattgefunden.

Langsam kam der Verdacht auf, die beiden seien auf dem Heimweg in Streit geraten und Llywelyn habe Rhys möglicherweise ermordet. Er wurde ins Gefängnis geworfen. Er beteuerte zwar unentwegt seine Unschuld, aber da er über das Verschwinden seines Kameraden nichts zu sagen wußte, als daß dieser Musik gehört und zum Tanzen fortgelaufen sei, schenkte man ihm keinen Glauben.

Dann kam fast nach einem Jahr ein Fremder in diese Gegend, der Erfahrung im Umgang mit den Feen hatte. Der Mann schlug vor, man solle in der Nacht, in der Rhys Verschwinden sich jährte, mit Llywelyn zu der bewußten Stelle im Wald gehen.

Das geschah, und man stieß dort auf einen Feenkreis.

»Hier war es«, sagte Llywelyn, »aber wie merkwürdig! Jetzt höre ich auch Musik. Harfen sind das. Ja, da gibt es keinen Zweifel.«

Die ganze Gruppe horchte. Die anderen hörten nichts, und das sagten sie Llywelyn auch.

»Stell deinen Fuß auf meinen Fuß, David«, sagte Llywelyn, der auf der Grenze des Feenkreises stand. David tat wie ihm geheißen. Da hörte er die Musik auch, und beide sahen sie viele kleine Wesen, die dort herumtanzten. Unter ihnen erkannten sie auch Rhys, der eifrig beim Tanzen mithielt.

Als er an ihnen vorbeitanzte, bekam Llewylyn ihn am Rock zu fassen und zerrte ihn aus dem Kreis.

»Laß mich doch wenigstens diesen Tanz noch zu Ende tanzen«, sagte Rhys, »nie zuvor habe ich beim Tanzen einen solchen Spaß gehabt. Und ich bin doch erst fünf Minuten dabei.«

»Fünf Minuten«, wiederholte der aufgebrachte Llywelyn, »du bist so lange dort gewesen, daß es mich beinahe an den Galgen gebracht hätte. Man beschuldigt mich, dich ermordet zu haben. Ich muß diesen Verdacht widerlegen. Komm, zeig dich den anderen und erkläre ihnen, was geschehen ist.«

Der Zauber der Feen war in dem Augenblick erloschen, als Rhys nicht mehr im Kreis stand, aber auf alle Vorhaltungen, die man ihm machte, antwortete er immer nur, er habe doch nur fünf Minuten getanzt. Von den Leuten, unter denen er sich aufgehalten hatte, wußte er nur zu sagen, daß sie ausgezeichnete Tänzer gewesen seien. Er habe nicht einen von ihnen gekannt. Er habe nichts gegessen und nichts getrunken. Er trug auch immer noch dieselben Kleider wie bei seinem Verschwinden. Er wurde schwermütig und maulfaul. Man brachte Rhys zu Bett, und bald darauf starb er.

Die Suppe in der Eierschale

Im Kirchspiel von Treveglwys, nahe Llanidloes in der Grafschaft Montgomery, stand einst eine kleine Schäferhütte, die im Volksmund »Twt y Cwmrws« (Ort des Streits) genannt wurde, und dies wegen einer ungewöhnlichen Auseinandersetzung, die sich dort zugetragen haben soll.

Die Bewohner des Hauses waren ein Mann und eine Frau – einfach genug. Aber sie hatte Zwillinge geboren.

Die Frau stillte die Kinder selbst und pflegte sie mit großem Eifer und viel Zärtlichkeit.

Einige Monate nach der Geburt wurde die Frau in einer dringenden Angelegenheit in das Haus eines Nachbarn gerufen. Wenn es auch bis dorthin nicht weit war, war es ihr doch nicht recht, die Kinder allein in der Wiege zu lassen, denn ihre Hütte stand einsam, und man erzählte sich viel von den Goblins oder der Tylwyth Teg (der »schönen Familie« der Feen), die sich schon häufig in dieser Gegend gezeigt haben sollten.

Dennoch ging sie und kam so schnell wie nur irgend möglich wieder zurück. Wie erschrak sie aber, als sie am hellen Mittag einigen alten »Elfen im blauen Unterrock«, wie man diese Wesen gewöhnlich nennt, noch vor dem Haus begegnete! Als sie in die Stube trat, in der die Kinder in der Wiege lagen, schien dort alles unberührt, in eben dem Zustand, wie sie es vor ein paar Minuten verlassen hatte. Einige Zeit ging ins Land. Da bekamen die guten Leute Verdruß. Die Zwillinge wuchsen überhaupt nicht mehr. Sie blieben klein wie Zwerge. Der Mann sagte zornig zu der Frau, das seien nicht seine Kinder. Die Frau schalt ihn und rief:

»Und doch sind es unsere Kinder.« Sie gerieten immer heftiger in Streit.

Eines Abends, als es der Frau schwer ums Herz war, beschloß sie, sich bei einem Zauberer Rat zu holen. Man sagte von diesem Mann, er wisse über alles Bescheid. Nun stand die Ernte von Roggen und Hafer bald an, und der Zauberer sagte zu ihr: »Wenn du das Essen für die Schnitter bereitest, schlage ein Ei auf und füll die Eierschale voll Suppe. Trag sie dann zur Tür hinaus, als sei sie für das Essen der Schnitter bestimmt. Und dann paß gut auf, was die Zwillinge dazu sagen. Wenn du hörst, daß die Kinder etwas reden, was das Wissen von Kindern übersteigt, dann kehr ins Haus zurück, pack die beiden und wirf sie in die Wellen des Llyn Ebyr, der ja nicht weit von deinem Haus entfernt ist. Hörst du aber nichts Ungewöhnliches, dann ist alles mit ihnen in Ordnung und es sind eure eigenen Kinder.«

Als der Tag kam, an dem die Schnitter aufs Feld gingen, tat die Frau, wie der Mann ihr geraten hatte, und als sie zur Tür hinauswollte, die Eierschale voll Suppe in der Hand, hörte sie eines der Kinder sagen:

»*Gwelais vesen cyn gweled derwen,*
Gwelais wy cyn gweled iar,
Erioed ni welais verwi bwyd i vedel
Mewn plisgyn wy iar!
(Eicheln kannte ich vor der Eiche, ein Ei, ehe ich die Henne kannte. Nie ist Zusammengekochtes in einer Eierschale genug für die Männer, die die Ernte einbringen.)«

Darauf ging die Frau wieder ins Haus zurück. Sie nahm die beiden Kinder und warf sie in den Llyn. Da kamen plötzlich die Goblins in ihren Hosen angelaufen, um die Winzlinge zu retten, und die Frau bekam ihre eignen Kinder von den Goblins zurück. Und so hatte der Streit zwischen ihr und ihrem Ehemann ein Ende.

Der Zauberbalsam

Ein Mädchen, welches einst ausging, um sich zu verdingen, wurde von einem vornehm aussehenden Herrn, der ganz in Schwarz gekleidet war, gefragt, ob sie ein Kindermädchen werden und seine Kinder warten wolle? Da er ihr ungeheuer großen Lohn versprach, so hatte sie nichts dagegen und willigte ein, worauf er ihr sagte, er wolle sie mit sich nach Hause nehmen, doch müßte sie sich, ehe sie die Reise anträte, die Augen verbinden lassen. Dies getan, stieg sie hinter ihm auf sein kohlschwarzes Pferd, und sie ritten einen langen Weg. Endlich stiegen sie ab, ihr neuer Herr nahm sie bei der Hand und führte sie, noch immer mit verbundenen Augen, eine beträchtliche Strecke weit. Dann ward ihr das Tuch abgenommen, und sie sah nun auf einmal mehr Pracht vor sich, als sie je in ihrem Leben erblickt hatte – einen wunderschönen Palast mit mehr Lichtern, als sie zählen konnte, und vielen kleinen Kindern darin, alle so schön wie die Engel. Auch viele schöne Damen und Herren. Der Herr übergab dem Mädchen nun die Kinder, um ihrer zu warten, und zugleich eine Büchse mit Balsam, um die Augen der Kinder damit zu bestreichen. Dabei befahl er ihr eindringlich, sich jedesmal die Hände zu waschen, wenn sie dies getan habe. Auch dürfe nichts von der Salbe an ihre Augen kommen. Sie befolgte diese Befehle aufs Genaueste und befand sich sehr glücklich dabei. Zuweilen aber dachte sie, es sei doch recht eigen, daß sie immer bei Kerzenlicht leben sollten. Auch wunderte sie sich nicht wenig, daß – so groß und prachtvoll das Schloß auch war – keiner von den schönen Damen und Herren jemals Sehnsucht bekäme, einmal hinauszugehen, denn außer ihrem Herrn verließ niemand den Palast auch nur für eine Stunde.

Eines Morgens, als sie den Balsam auf die Augen der Kinder strich, juckte sie das eigene; und den Befehl ihres Herrn vergessend, fuhr sie sich mit dem Finger, der voll Salbe war, über das juckende Auge hin. Sogleich sah sie mit dem Teil des Auges, an welchen der Balsam gekommen war, daß sie von furchtbaren Flammen umgeben zu sein schien, die Damen und Herren sahen wie Teufel und die Kinder wie gräßliche Scheusale aus der Hölle aus. Mit dem anderen Teil ihres Auges jedoch sah sie alles so schön und herrlich wie zuvor. Natürlich erschrak sie sehr über diesen Zufall, aber da sie Geistesgegenwart genug hatte, so ließ sie sich von ihrer Angst nichts anmerken, sondern bat nur den Herrn, ihr zu erlauben, daß sie ihre Verwandten besuchen dürfe.

Dieser sagte, er wolle sie mit sich nehmen, doch müßte sie sich wieder die Augen verbinden lassen, und so ward ein Tuch um ihre Augen geschlagen.

Sie stieg wieder hinter ihrem Herrn aufs Pferd und kam bald bei ihrem Haus an. Sie blieb ganz ruhig daheim und nahm sich wohl in acht, zu dem verzauberten Schloß zurückzukehren. – Aber viele Jahre später, da sie auf einem Markt war, sah sie einen Mann etwas aus einer Krämerbude stehlen, und mit dem einen Winkel ihres Auges erkannte sie ihren alten Herrn. Unvorsichtig rief sie aus: »Wie geht's Euch, Herr? Was machen die Kinder?« Da sagte er: »Wie kannst du mich sehn?« Sie antwortete: »Mit dem Winkel meines linken Auges!«

Von dem Augenblick an war sie blind auf ihrem linken Auge und blieb es ihr Leben lang.

Der Fluch von Patannas

In einem vergangenen Jahrhundert lebte ein Bauer auf dem Hof von Patannas, und zu dieser Zeit suchten die Feen häufig mehrere Felder, die ihm gehörten, heim. Der Mann nährte in seiner Brust einen beträchtlichen Haß gegen das lärmende, boshafte und schadenbringende Volk, wie er sie nannte, und oft sann er darauf, auf welche Weise er sie wohl von seinem Land vertreiben könne. Endlich hörte er von einer alten Hexe, die ihm sagen konnte, wie man da vorgehen müsse. Dazu bräuchte sie nur die Milch, die am Morgen gemolken wurde, und einmal die vom Abend. Damit war er einverstanden. Die Hexe gab ihm nun den Rat, er solle seine Wiesen umpflügen; wenn das Grün verschwunden sei, werde das die Feen hinreichend ärgern, und sie würden sich nicht mehr an diesem Platz zeigen.

Der Bauer hielt sich an diese Anweisung, und seine Mühe schien belohnt zu werden. Nicht ein einziges der Feenwesen ließ sich noch blicken, und statt der süßen Musik, die man sonst über dem Weideland gehört hatte, herrschte jetzt fast vollkommene Stille.

Er säte das Land mit Weizen und anderem Getreide ein, dann kam der Frühling, und die junge Saat begann zu wachsen, und mit ihr legte sich wieder ein grünes Tuch über die Felder.

Eines Abends nun, als sich die Sonne schon im Westen verkrochen hatte und der Bauer von Patannas heimkam, traf er ein Feenwesen in Gestalt eines kleinen Mannes in einem roten Mantel. Als der Bauer unmittelbar vor ihm stand, zog er sein kleines Schwert, deutete auf den Mann und rief:

»Die Rache kommt,
sie kommt gar bald!«

Der Bauer versuchte zu lachen, aber in dem Blick des kleinen Mannes lag etwas, das Unbehagen in ihm hervorrief. Ein paar Nächte nach diesem Vorfall wollte sich die Familie schlafen legen, als man ein Getöse vernahm, als stürze das ganze Haus ein, und gleich darauf hörte man ganz deutlich eine Stimme wieder die drohenden Worte sagen:

»Die Rache kommt.«

Nicht mehr und nicht weniger sagte sie. Als das Getreide reif war und eingefahren werden sollte, war es von einer Nacht auf die andere plötzlich abgebrannt. Keine Ähre und kein Halm fand sich mehr auf dem Feld, und es war klar, daß nur die Feen das getan haben konnten.

Wie man sich denken kann, ärgerte sich der Bauer sehr und verwünschte nun den Rat der Hexe, den er befolgt und durch den er den Zorn der Feen auf sich gezogen hatte.

Eines Abends besah er sich noch einmal das Ausmaß des Schadens, als plötzlich wieder der kleine Mann vor ihm stand, ihn herausfordernd anblickte, mit dem Schwert auf ihn wies und sagte:

»Das ist erst der Anfang.«

Der Bauer wurde bleich wie Marmor und rief dem kleinen Mann zu, er solle zurückkommen, aber der dachte offenbar nicht daran. Nach längerem Drängen des Bauern kam er tatsächlich zurück und fragte ihn ziemlich unfreundlich, was er von ihm wolle. Der Bauer sagte, er habe nichts dagegen, die Felder wieder zu Wiesen werden zu lassen, da sie ja offenbar das Reich der Feen seien, aber dafür verlange er auch, daß das kleine Volk ihm keinen Schaden mehr zufüge.

»Nein«, war die entschiedene Antwort, »der König hat geschworen, er werde sich an dir rächen, und keine Macht der Erde vermag zu bewirken, daß er diesen Entschluß ändert.«

Der Bauer begann darauf zu weinen, und nach einer Weile sagte der kleine Mann, er wolle bei seinem Herrn ein gutes Wort für ihn einlegen. Was er erreicht habe, werde er ihn wissen lassen, wenn er am dritten Tage bei Sonnenuntergang wieder hierherkomme.

Das versprach der Bauer, und als die verabredete Zeit da war, kam der kleine Mann tatsächlich auch wieder und sagte, sein Herr habe die Bitte des Sterblichen zur Kenntnis genommen, aber da der Eid eines Königs heilig sei, drohe der Familie weiter Rache. Für den Fall aber, daß er Buße tue, werde die Rache nicht mehr zu seinen Lebzeiten oder zu der seiner Kinder wirksam werden.

Das beruhigte den Bauern. Die Feen ließen sich von nun an wieder häufiger sehen, und man hörte auch ihre Musik bei Nacht auf den Feldern.

Ein Jahrhundert verging, ohne daß die angedrohte Rache wirksam geworden wäre. Dann und wann wurde die Familie, die auf Patannas lebte, daran erinnert, daß früher oder später noch das Unheil kommen werde, denn von Zeit zu Zeit hörte man im Haus eine Stimme sagen:

»Die Rache kommt.«

Aber daran hatte man sich gewöhnt, und so meinten die nachfolgenden Generationen, sie würden wohl verschont bleiben.

Nun warb ein Erbe auf Patannas um die Tochter eines Nachbarn von einem Hof, der Pen Craig Daf hieß. Die Hochzeit sollte in ein paar Wochen stattfinden. Beide Familien waren mit der Heirat einverstanden. Um die Weihnachtszeit besuchte die zukünftige Ehefrau die Familie ihres Mannes. Ein großes Essen mit gebratenen Gänsen war aus diesem Anlaß vorbereitet worden.

Man saß um das Feuer und unterhielt sich mit Geschichten, als plötzlich eine schrill klingende Stimme rief:

»Die Zeit der Rache ist gekommen.«

Alle liefen hinaus, weil sie meinten, vielleicht würden sie die Stimme noch einmal hören, aber da war nichts zu vernehmen als das wilde Rauschen des Wassers, das über die Klippen herabstürzte. Nach einer Weile aber hörten sie die Stimme wieder, und sie war noch lauter als das Tosen des Wassers. Und die Stimme rief:

»Die Zeit ist gekommen.«

Die Leute wußten nicht, was das zu bedeuten hatte, und ihre Furcht war so groß, daß keiner von ihnen ein Wort hervorbrachte. Sie waren gerade ins Haus zurückgekehrt, als sie draußen ein Geräusch vernahmen, von dem sie glaubten, es müsse das Haus in seinen Fundamenten erschüttert haben. Als alle wie gelähmt dasaßen, stand plötzlich auf dem Tisch, nahe dem Fenster, eine kleine Frau.

»Was will denn dieses häßliche Wesen hier?« fragte einer der Anwesenden.

»Oh, Mann, hüte deine Zunge! Mit dir habe ich nichts zu schaffen! « sagte die kleine Frau. »Man hat mich hierhergeschickt, damit ich Euch einige Dinge erzähle, die sich in dieser Familie und in einer anderen Familie in der Nachbarschaft zugetragen haben. Da mich nun aber dieser schwarzmäulige Kerl, der da in der Ecke sitzt, beleidigt hat, wird der Schleier, der jetzt über seinen Augen liegt, nicht fortgenommen werden.«

»Wir bitten dich«, sagte ein anderer unter den Anwesenden, »wenn du irgend etwas über die Zukunft weißt, so laß es uns hören.«

»Ihr habt mich beleidigt, deswegen sage ich euch nur soviel: Das Herz des Mädchens ist wie ein Schiff, welches den Hafen nicht erreicht, weil der Lotse Angst bekommen hat.«

Kaum hatte sie das letzte Wort ausgesprochen, da war sie verschwunden.

Während ihres Besuchs hatte man die Stimmen draußen nicht mehr vernommen, aber nun begann wieder jemand zu rufen:

»Die Zeit der Rache ist gekommen.«

Und dieses Rufen setzte sich noch lange fort. Die Leute waren so erschrocken, daß keiner zu sprechen wagte, und alle waren aschgrau geworden im Gesicht.

Als es nun Zeit wurde, nach Hause zu gehen, begleitete Rhyderch, der Erbe, Gwerfyl, seine Verlobte, nach Pen Craig Daf – ein Weg, von dem er nie mehr zurückkehrte. Ehe die beiden aber voneinander schieden, schworen sie sich ewige Treue. Selbst wenn sie einander von diesem Moment an nie mehr sehen sollten, wollte einer den anderen weder vergessen noch von ihm lassen. Dies hatten sie sich feierlich gelobt.

Man nimmt an, daß der junge Mann auf dem Heimweg in einen Feenring geriet und von den Unterirdischen in ihr Reich fortgelockt wurde, vielleicht in die Höhlen von Raven Rift. Und dort haben sie ihn dann wohl behalten.

Die Eltern des unglücklichen jungen Mannes waren außer sich vor Schmerz. Lange forschten sie nach dem Vermißten, aber wenn sie auch jedes Fleckchen in der Umgebung absuchten, fanden sie doch keinen Hinweis darauf, wo er geblieben war.

Nun wohnte etwas weiter im Land in einer unterirdischen Höhle ein alter Einsiedler, Gweiryd genannt, der in dem Ruf stand, ein Zauberer zu sein. Nach einigen Wochen vergeblichen Suchens gingen die Leute von Patannas zu ihm und fragten ihn, ob er ihnen etwas über ihren verschollenen Sohn sagen könne. Was der Mann ihnen sagte, war nur Salz in ihre Wunden und ließ den Vorfall in einem noch düstereren Licht erscheinen.

Sie erzählten ihm von den Stimmen aus dem Fluß und vom Erscheinen der kleinen Frau, und er meinte, nun habe die Familie der Fluch der Feen ereilt, und nach ihrem Sohn zu suchen, sei vergebliche Mühe, vielleicht werde er mehrere Generationen später wieder gefunden werden, bestimmt aber nicht mehr zu ihren Lebzeiten.

Die Zeit verging, aus Wochen wurden Monate, aus Monaten Jahre, und Rhyderchs Vater und Mutter starben. Der Ort blieb, was er war, die Bewohner wechselten. An Rhyderchs Rückkehr glaubte kaum einer mehr.

Dennoch gab es jemanden, der immer noch auf ihn wartete. Jeden Morgen, wenn es hell zu werden begann, lief die Frau auf die Kuppe eines kleinen Hügels und schaute mit Tränen in den Augen nach allen Himmelsrichtungen, ob sich der geliebte Mann nicht irgendwo sehen lasse. Immer vergebens. Am Mittag konnte man sie wieder an derselben Stelle sehen, und dort stand sie auch, wenn die Sonne als roter Ball hinter dem Horizont versank. Sie starrte in die Ferne, bis sie fast blind war und ihre Füße sie nicht mehr auf die Anhöhe trugen.

Bis sie starb, schaute sie morgens, mittags und abends aus dem Fenster. Aber dann kam schließlich der Tag, da man sie auf dem Friedhof der alten Kapelle am Abhang des Berges Fan im Kirchspiel Merthyr Tyfell beisetzte.

Jahre vergingen wie Rauch und Generationen wie die Schatten am Morgen, und es lebte schließlich niemand mehr, der die Zeit, als Rhyderch verschwand, selbst noch erlebt hatte, wenngleich die Leute immer noch über dieses Ereignis sprachen.

Und man muß noch sagen, daß nach diesem Vorfall keine Feen mehr in der Umgebung gesehen wurden und auch die Musik bei Nacht nicht mehr erklang.

Nun, Rhyderch war tatsächlich von den Feen fortgelockt worden. Sie hatten ihn mit in ihre Höhle genommen. Nachdem er sich, wie er meinte, ein paar Tage dort aufgehalten hatte, bat er, heimkehren zu dürfen, und dies erlaubte ihm der König auch sogleich. Rhyderch trat am hellen Mittag aus der Höhle hervor. Er stieg von Ravens Rift herab, bis er zu der Stelle kam, an der die Fan-Kapelle gestanden hatte, aber dort stand keine Kapelle mehr. Wo, fragte er sich, bin ich gewesen und vor allem, wie lange? Mit gemischten Gefühlen lenkte er seine Schritte gegen Pen Craig Daf, zu jenem Gehöft, in dem seine Verlobte gewohnt hatte. Niemand wußte etwas über sie zu sagen. Die, mit denen er sprach, hielten ihn für einen Verrückten. Er lief hinüber nach Patannas. Dort war sein Erstaunen noch größer. Er kannte niemanden, und niemand wußte etwas von ihm. Schließlich kam der Herr des Hauses, der sich daran erinnerte, seinen Großvater einmal von einem jungen Mann, der einige hundert Jahre zuvor verschwunden war, erzählen gehört zu haben. Durch einen Zufall berührte der Herr des Hauses Rhyderch mit seinem Spazierstock. Da zerfiel seine Gestalt in Staub und Asche, aber nun war der Arme auch erlöst.

Die verbotene Quelle

Es war einmal ein Junge von zwölf Jahren, der wurde von seinem Vater ausgeschickt, um die Schafe am Frenne fawr zu hüten. Zeitig eines Morgens im Juni trieb er seine Schafe auf die Weide und schaute zur Spitze des Frenne fawr, um zu sehen, wie der Morgennebel falle. Jung wie er war, kannte er sich doch mit dem Wetter aus und wußte, wenn sich der Nebel nach Cardiganshire absenkte, mußte man mit schlechtem Wetter rechnen. Sank er aber gegen Pembrokeshire ab, dann gab es schönes Wetter. Nun, an diesem Tag deuteten die Zeichen auf schönes Wetter hin, und der Junge freute sich, pfiff sich ein Lied und schaute sich – was kostet die Welt! – neugierig um. Da sah er in einiger Entfernung eine größere Abteilung Soldaten, die mit etwas beschäftigt waren, woraus er zuerst nicht klug wurde.

»So zeitig am Morgen können doch noch keine Soldaten hier oben im Gebirge sein«, überlegte er und ging zur Spitze einer kleinen Erhebung, und von dort aus erkannte er, daß die Gestalten für Soldaten viel zu klein waren.

»Könnte das vielleicht eine Feenfamilie sein?« sprach er zu sich. Er hatte oft von Feen reden gehört und war an ihren Ringen vorbeigekommen, aber er hatte nie jemanden vom kleinen Volk selbst zu Gesicht bekommen. Zuerst wollte er heimlaufen und seinem Vater und seiner Mutter davon erzählen, aber ehe er zurück war, würden die Feen vielleicht verschwunden sein, oder aber seine Eltern würden ihm verbieten hierher zurückzukommen.

Viele Leute fürchteten sich nämlich vor den Feen. Er dachte noch eine Weile nach, und dann entschloß er sich, so nahe heranzugehen, wie er nur konnte. Und tatsächlich kam er ihnen recht nahe und konnte genau beobachten, was sie da trieben. Sie waren kleine Wesen beiderlei Geschlechts, so schön anzusehen, wie er nie einen Menschen gesehen hatte. Einige von ihnen tanzten. Sie hatten sich dabei an den Händen gefaßt und einen Kreis gebildet. Andere spielten Nachlaufen, und wieder andere ritten auf kleinen weißen Pferden. Ihre Kleider waren unterschiedlich in den Farben, einige waren weiß, andere scharlachrot. Die kleinen Männer trugen Kappen mit drei Spitzen und die Frauen einen Kopfschmuck, der weithin glitzerte. Es dauerte nicht lange, da wurden sie auf den Jungen aufmerksam und winkten ihn lachend zu sich heran. Zögernd kam er näher und näher, bis er es schließlich wagte, einen Fuß in den Kreis zu setzen. Kaum hatte er das getan, da vernahm er die wunderbarste Musik von der Welt, und etwas drängte ihn, noch weiter in den Kreis hineinzugehen.

Als er diesem Verlangen nachgab, fand er sich nicht länger in einem Feenring am Abhang des Gebirges, sondern in einem prächtigen Palast, in dem es vor Gold und Perlen nur so funkelte. Jede Art von Schönheit umgab ihn, und jede Art von Vergnügen wurde ihm dort geboten. Er konnte sich frei bewegen, und immer bedienten ihn Mädchen, die alle wunderschön waren. Statt Kartoffeln mit Buttermilch und den Milchbrei, an den er bis dahin gewohnt gewesen war, legte man ihm die besten Stücke Fleisch auf silbernen Tellern vor, und statt einem dünnen Bier – das einzige alkoholische Getränk, das er bisher in seinem Leben je getrunken hatte – kredenzte man ihm roten und gelben Wein in mit Edelstein geschmückten Pokalen. Es gab nur ein einziges Verbot. Es war ihm nicht erlaubt, aus einer bestimmten Quelle im Garten zu trinken. Ihr Wasser ergoß sich in ein Becken, in dem schwammen Fische, sie waren golden oder glänzten in anderen Farben.

Jeden Tag hatten die Feen wieder ein neues Vergnügen für ihn bereit, und jede Beschäftigung war neu und lustig, und er sah dabei Wesen aus dem kleinen Volk, denen er zuvor noch nicht begegnet war. Nachdem er nun alles hatte, was sich ein

Sterblicher wünschen kann, wünschte sich der Junge auch noch das Verbotene. Wie Eva im Garten Eden, so spielte auch ihm seine Neugier diesen Streich. Eines Tages kam er in die Nähe der Quelle und schaute den Fischen zu, die sich im Becken tummelten. Niemand sah zu, und da tauchte er seine Hand ins Wasser. Sofort verschwanden die Fische. Er trank von dem Wasser. Und fort war der Palast und alle Feen. Er stand wieder im Gebirge, eben an der Stelle, an der er in den Feenring eingetreten war. Die Schafe grasten noch dort, wo er sie verlassen hatte. Der Nebel über dem Berg hatte sich kaum bewegt. Er meinte viele Jahre fortgewesen zu sein, aber es waren nur wenige Minuten vergangen.

Tudor ap Einion

Auf halbem Weg hinauf von Llangollen nach Dinas Bran oder Brans Schloß (den bösen Mann, der es Crow Castle genannt hat, sollte man hängen und vierteilen) liegt eine Höhle, die unter dem Namen Nant yr Ellyllon oder die Elfenmulde bekannt ist. Vor langer Zeit, als das Wünschen noch geholfen hat, lebte ein junger Mann, der unter dem Namen Tudor ap Einion Gloff bekannt war und seine Schafe dort in der Gegend zu hüten pflegte. Eines Abends im Sommer wollte sich Tudor anschicken, mit seinen wolligen Gefährten ins Unterland zurückzukehren, als er plötzlich auf einem Stein einen kleinen Mann in Kniehosen aus Moos und mit einer Fiedel unter dem Arm stehen sah. Sein Rock war aus Birkenblättern, auf dem Kopf trug er als Helm eine Blüte vom Fingerhut, während seine Füße in Schuhen steckten, die aus Käferflügeln gefertigt worden waren. Er ließ seine Finger über die Saiten seines Instruments gleiten, und Tudor bekam Gänsehaut auf dem Rücken, als er da hörte:

»Nis dawch nos dawch«, sagte der kleine Mann, was bedeutet: »Gute Nacht wünsche ich dir, eine gute Nacht!« »Ac i chwithau«, erwiderte Tudor, was man übersetzen kann mit: »Dasselbe Euch auch!«

Dann fragte der kleine Mann: »Tanzt du gern, Tudor? Wenn du noch etwas verweilst, sollst du die besten Tänzer von ganz Wales sehen. Ich«, fügte der kleine Mann mit stolzgeschwellter Brust hinzu, »ich bin der Musikant.«

»Wo ist deine Harfe?« fragte Tudor. »Du weißt doch, was ein rechter Waliser ist, so kann er ohne Harfe nicht tanzen.«

»Harfe«, sagte das kleine Wesen verächtlich, »ich kann weit bessere Tanzmusik mit meiner Fiedel machen.«

»Nennst du diesen hölzernen Löffel mit den Saiten drüber gespannt etwa eine Fiedel?« fragte Tudor. Er hatte nie zuvor ein solches Instrument gesehen.

Diese abschätzige Bemerkung hätte er nicht machen sollen.

Plötzlich kamen durch die Dämmerung hunderte kleiner Wesen zu der Stelle im Gebirge gerannt, an der sie standen. Einige trugen weiße Kleider, andere blaue, und als Fackeln hielten sie Glühwürmchen in der Hand. So leicht waren sie und so geschickt bewegten sie sich, daß auch nicht ein Grashalm oder eine Blume dabei niedergetreten wurde, und jede kleine Frau und jeder kleine Mann, die vorbeikamen, machten vor Tudor einen Knicks oder eine Verbeugung. Der wollte sich von ihnen an Höflichkeit nicht übertreffen lassen und zog jedesmal artig seine Kappe und verbeugte sich ebenfalls.

Augenblicklich setzte der kleine Musikant seinen Bogen an, und die Musik, die er erklingen ließ, war so zauberhaft, daß Tudor wie gebannt dastand. Die Feen aber – denn er befand sich unter den Feen – bildeten einzelne Gruppen und begannen, ihn zu umtanzen. Der Fiedler spielte schneller, und immer wilder wurde der Tanz, und nie hatte Tudor jemand besser tanzen sehen. Es war Poesie in ihren Bewegungen. Sian Lan war die beste Tänzerin im Umkreis von zehn Meilen von Llangollen, und Tudor hatte so manch lustige Nacht in Glyn Ceoriog mit ihr durchgetanzt, aber Sians Tanzen wirkte unbeholfen, verglichen mit dem, was er hier sah. Er spürte ein Kribbeln in den Fußsohlen und konnte nicht umhin, zu der ausgelassenen Musik den Takt zu stampfen, aber er hatte doch auch Angst, sich den Tänzern anzuschließen. Er wollte, wenn es soweit war, in den Himmel kommen, fand aber, damit habe es vorerst keine Eile, aber er sagte sich auch, in einer Nacht im Gebirge zum Klang der Fiedel des Teufels mitzutanzen, hieß nicht gerade, den kürzesten Weg ins Paradies einzuschlagen. Die Musik wurde schneller, der Tanz wilder, und schließlich wippte Tudors ganzer Körper mit. »Nun mal zugetanzt, Tudor«, rief der kleine Mann. Aber der Junge zögerte immer noch.

»Nein, nein«, sagte er, »tanzt nur, meine kleinen Schönheiten, ich schau da lieber zu.« Plötzlich klang die Musik süßer, und der Rhythmus fuhr ihm noch mehr in die Beine. Noch schaute Tudor nur zu, aber das Kribbeln in den Fußsohlen und den Handflächen wurde immer stärker. Zum Schluß verlor er die Kontrolle über sich und sprang einfach mitten in den Kreis. »Nun gilt's!« rief er und warf seine Mütze in die Luft. »Nun zeig, was du kannst, Fiedler!«

Kaum hatte er diese Worte hervorgebracht, als abermals eine Veränderung eintrat. Die Fingerhutblüte auf dem Kopf des Musikanten war verschwunden, und statt dessen waren ihm ein Paar Ziegenhörner gewachsen. Sein Gesicht war jetzt schwarz von Ruß. Ein langer Schwanz quoll hinten aus seinem Rock, und Hufe sah man, wo zuvor die Schuhe aus Käferflügeln gewesen waren. Tudor wurde das Herz schwer, aber seine Füße waren leicht und lebendig. Angst kam auf in seiner Brust, aber er konnte seine Füße nicht stillhalten. Die Feen veränderten jetzt ihre Gestalt. Einige wurden Ziegen, andere Hunde, wieder andere verwandelten sich in Katzen. Der Tanz wurde schließlich so rasend schnell, daß Tudor Mühe hatte, die Gestalten der Tänzer noch auszumachen. Sie wirbelten mit ihm in einem Tempo umher, daß er an ein feuriges Rad denken mußte. Er konnte nicht innehalten, was nicht verwunderlich war, denn der da den Feen aufspielte, war niemand anderes als der Leibhaftige persönlich. Und Tudor tanzte und tanzte.

Am nächsten Morgen ging Tudors Herr hinaus ins Gebirge, um zu schauen, was aus seinen Schafen und seinem Schäfer geworden sei. Die Herde fand er in einem Zustand wie immer, aber ungläubig starrte er auf Tudor, der sich immer noch wie irr um seine eigene Achse drehte.

»Haltet mich an, Herr«, rief der Schäfer, »bitte, haltet mich an, oder es ist mein Ende.«

»Was, im Namen des Himmels, ist dir?« fragte der Bauer verwundert. Kaum aber hatte er diesen Satz beendet, da stürzte Tudor keuchend und erschöpft seinem Herrn vor die Füße.

Es dauerte lange, bis sein Herz und sein Atem wieder ruhig gingen, und er erzählen konnte, was sich in dieser Nacht da oben zugetragen hatte.

Märchen aus Schottland und von den Shetland-Inseln

Die Feenflagge von Dunvegan

Länger als tausend Jahre war Dunvegan Castle, das im Westen von Skye steht, die Heimat der MacLeod von MacLeod gewesen. Über die Wasser des Loch Dunvegan sind viele Häuptlinge ausgezogen und haben ihre Clangenossen gegen ihre Erbfeinde, die MacDonalds von Eigg, geführt, die lange die gesetzlosen Herrscher über die Inseln waren.

Und der vielleicht kostbarste Besitz des Clans MacLeod war die Feenflagge, die von Generation zu Generation weitergegeben wurde, und um deren Ursprung sich eine berühmte Legende zu ranken begann. In früher Zeit lebte einst ein Clanhäuptling mit Namen Malcolm. Eines Tages, als die Wasser des Loch Dunvegan einen blauen Sommerhimmel spiegelten und die Heide auf den Hügeln purpurn zu blühen begann, hatte er eine schöne Dame aus dem Volk der Feen zu seiner Frau genommen, und die beiden lebten friedlich und im Glück auf dem grauen Schloß von Dunvegan. Aber ein Wesen aus dem Feenvolk kann im Land der Sterblichen nie wirklich glücklich werden. Nachdem sie Malcolm einen Sohn geboren hatte, überkam die Feenfrau eine große Sehnsucht, zu den Feen zurückzukehren, die schließlich stärker wurde als die Liebe zu ihrem Ehemann. Da Malcolm aber seine geliebte Frau nicht unglücklich sehen konnte, bot er sich an, sie auf dem Weg zurück ins Feenland zu begleiten.

So geschah es also, daß die Feenfrau Abschied von dem Kind nahm, das noch in der Wiege lag, und mit ihrem Mann quer über den Loch Dunvegan die Richtung einschlug, aus der sie einst in die Welt der Menschen gekommen war.

Obwohl es ein ebenso heller Sommertag war wie jener, an dem Malcolm damals seine Braut auf das Schloß gebracht hatte, schien es ihm, daß die Wasser des Sees finster und schwermütig wirkten, als laste ein Kummer auf ihnen. Als sie nun an das ferne Ufer kamen, trug er seine Frau an Land. Aber als sie zu jener Reihe grauer Steine kamen, die bis heute die Feenbrücke heißen, bat sie ihn, nun nicht weiter mitzukommen. Sie blickte sich nicht mehr um. Sie verschwand, und Malcolm sah seine Feenfrau nie mehr wieder.

Nun wurde am Abend dieses Tages in der Halle des Schlosses ein Fest gefeiert, und zwar zu Ehren von Malcolms Sohn, der seinem Vater einmal als Häuptling des Clans der MacLeod nachfolgen würde. Malcolm war es schwer ums Herz, trotzdem blieb ihm nichts anderes übrig, als an dem Fest teilzunehmen. Außerdem war er auch stolz darauf, daß sein Sohn später einmal der MacLeod der MacLeods sein würde.

Viele Clanleute waren gekommen, und die Halle war erleuchtet vom Licht von Hunderten von Fackeln. Die Diener eilten hin und her mit silbernen Platten, auf denen sich knusprige Bratenstücke und Hirschkeulen häuften, und die Mundschenke gossen goldenes Ale ein. Die ganze Nacht erklang Dudelsackmusik, denn die Pfeifer aus dem Clan MacCrommin, die seit alter Zeit die Pfeifer des MacLeod Clans sind, waren auch anwesend. In einem Turm, weit fort von dem lärmigen Fest, schlief das Baby ruhig in seiner Wiege. Neben ihm saß seine Amme und dachte an das Vergnügen all der anderen. Ein großes Verlangen überkam sie, nur einmal einen kurzen Blick auf die große Gesellschaft zu werfen. Und da das Kind offenbar ruhig schlief, stand sie auf und schlich auf Zehenspitzen über den mit Binsen belegten Flur, dann rannte sie hastig die vom Mondlicht erleuchtete Wendeltreppe hinab, bis sie den Klang der Dudelsäcke vernehmen konnte. Sie schlich weiter, bis zur großen Tür, die in die Halle führte, warf einen Blick in den Saal und wollte sich gerade wieder umwenden und zurückgehen, als ihr plötzlich Furcht ans Herz griff. Malcolm selbst war von seinem Platz an der hohen Tafel aufgestanden und hatte in ihre Richtung geschaut.

»O schwarzer Augenblick, in dem ich mich vergaß und das Kind allein ließ«, fuhr es der Amme durch den Sinn, »jetzt wird der Zorn MacLeods mich treffen.«

Aber obgleich Malcolm sie tatsächlich angeblickt hatte, dachte er nicht daran, sie einer Pflichtvergessenheit zu beschuldigen. Er nahm an, es sei eine andere Dienerin bei dem Kind zurückgeblieben. Also rief er ihr mit einer Stimme, die durchaus nicht zornig klang, zu, sie solle seinen Sohn in die große Halle bringen. Die Gäste wünschten den zukünftigen Häuptling zu sehen.

Zitternd, aber erleichtert, lief die Amme, um dem Wunsch ihres Herrn nachzukommen, und hoffte bei sich, dem Kind möge in ihrer Abwesenheit nichts Schlimmes zugestoßen sein.

Nun hatte das Baby, nachdem es allein gelassen worden war, eine Weile ruhig geschlafen. Aber dann war draußen eine Eule vorbeigeflogen und hatte einen unheimlichen Schrei ausgestoßen. Da war das Kind aufgewacht. Als nun niemand kam, es zu beruhigen und es wieder in den Schlaf zu wiegen, begann es zu schreien, und der Laut warf ein unheimliches Echo in dem leeren Raum.

Aber wenn auch kein menschliches Wesen sein Weinen hörte, so drang es doch an das Ohr seiner Feenmutter, die nun wieder unter dem kleinen Volk lebte. Und lieb und teuer wie einer Mutter ein Kind ist, verstand sie es, sich mit Zauber in die Kammer zu versetzen, in der die Wiege stand. In den Arm nehmen konnte sie ihren Sohn nicht, statt dessen breitete sie über ihn ein Stück grasgrünen Seidenstoff, bestickt mit Elfenflecken und getränkt mit Machtzauber, aus. Sobald das Kind das Tuch spürte, hörte es auf zu weinen und lächelte; es beruhigte sich und schlief wieder ein. Sobald die Mutter sah, daß ihr Kind wieder ruhig schlief, stahl sie sich auf Zehenspitzen davon.

Nun kam die Amme zurück und war froh, als sie das Baby so friedlich schlafen sah. Als sie aber das Tuch bemerkte, wußte sie, daß die Feen dagewesen waren. Sie sprach eilig ein Gebet, in dem sie Gott dafür dankte, daß sie nicht einen Wechselbalg vorgefunden hatte, und schwor sich, von nun an das Kind nie mehr allein zu lassen.

Dann nahm sie das Kind auf, hüllte es in das Feentuch und brachte es in die große Halle, wie es ihr MacLeod aufgetragen hatte. Als sie sich dem Festsaal näherte, erklang eine zauberhafte Musik durch die langen Flure, durch die sie mit dem Kind auf dem Arm schritt. Die Musik ging mit ihr, und ein solcher Zauber ging von ihr aus, daß alle Pfeifer aufhörten zu spielen und jegliche Unterhaltung verstummte, als die Amme mit dem Kind in die Halle eintrat, weil jeder begierig war, dieser Zaubermusik zu lauschen. Und plötzlich hörten Malcolm und die Gäste die Feenschar jene Geschichte verkünden, an die man sich so lange erinnern wird, wie noch ein Mann namens MacLeod auf dieser Welt fortlebt.

Das Feenlied erzählte davon, daß dieses Kind mit einem grünen Tuch zugedeckt worden sei, der Feenflagge, einem Geschenk des kleinen Volkes.

Und die Feen verkündeten in ihrem Lied weiter, daß die Flagge den Clan dreimal aus großer Gefahr retten werde. Plötzlich veränderten sich die Stimmen der Feen. In einem tieferen, grollenden Ton drohten sie mit einem Fluch, der über den Clan kommen werde, wenn dieser jemals den Wert des Feengeschenks nicht mehr zu schätzen wisse und die Flagge ohne Not hisse oder schwenke.

In diesem Fall, gleichgültig in welchem Jahrhundert er eintrete, würde der Clan dreimal von einem schrecklichen Unglück heimgesucht werden. Der Erbe des MacLeod von MacLeod würde kurz darauf sterben, die Felsengruppe bei Dunvegan, die man »Die Drei Mädchen« nennt, fiele in die Hände der Campbells, und wenn dann eine Füchsin ihr Junges in einen Turm des Schlosses schleppe, sei es mit der Macht und dem Glanz der MacLeods endgültig vorbei, und sie würden einen großen Teil ihres Landbesitzes verlieren. Zu dieser

Zeit würden nicht einmal mehr so viele Leute im Clan am Leben sein, um die Familie des Häuptlings in einem Boot über den Loch Dunvegan rudern zu können.

So hatte das kleine Volk sein Geschenk dargebracht und den Fluch ausgesprochen, der mit ihm verbunden war. Die Stimmen erstarben, so wie sich der Nebel über den Hügeln unter der Sonne aufzulösen pflegt. Am Ende hörte man nicht einmal mehr ein Flüstern. Malcolm stand auf und nahm die Feenflagge an sich. Sorgfältig strich er den grünen Stoff glatt und befahl, daß die Flagge in einem Kasten aus Eisen verwahrt und hinfort den Clansmännern vorangetragen werden sollte, wenn sie in die Schlacht zogen. Zudem befahl er, daß jeweils nur MacLeod von MacLeod die Flagge herausholen und sie entrollen dürfe.

Nach einem langen Leben schied Malcolm von dieser Welt, und sein Sohn folgte ihm nach. Generationen kamen und gingen, und die Feenflagge befand sich immer noch beim Clan in Verwahrung, bis eines Tages die MacDonalds mit einer großen Streitmacht gegen die MacLeods zu Feld zogen. Obwohl immer noch die alte Feindschaft bestand, gab es doch auch häufig Hochzeiten zwischen Angehörigen beider Clane. Nun aber waren die MacDonalds darauf aus, die stolzen MacLeods für immer und alle Zeiten zu demütigen, und nachdem sie in Waternish an Land gegangen waren, rückten sie auf Trumpan vor und zerstörten dort die Kirche.

Unterdessen war der Häuptling der MacLeods über den Loch Dunvegan gerudert und führte seine Männer in den Kampf. Bei Trumpan kam es zu einem langen und heftigen Gefecht, bei dem die MacLeods von den MacDonalds schwer bedrängt wurden. Nur eine Macht könnte den MacLeods noch helfen, eine, die mehr ausrichtete als Steinbrocken und Dolche.

Da entschloß sich der Häuptling der MacLeods, die Feenflagge aus dem eisernen Kasten zu nehmen. Er öffnete das Schloß und holte ein Stück unscheinbaren grünen Seidenstoff heraus, überlegte nochmals, ob dieser Anlaß als angemessen gelten könne und vertraute sich dann dem Beistand der Feen an. Mitten in der Schlacht wurde die Flagge so aufgerichtet, daß alle Clanleute sie sehen konnten.

Augenblicklich kam es den MacDonalds vor, als habe die Streitmacht der MacLeods Verstärkung bekommen. Und da sie nun glaubten, der Gegner sei in der Überzahl, wurden sie unsicher und wichen zurück. Doch die Männer der MacLeods setzten nach, wußten das Zaudern des Feindes zu nutzen und trugen an diesem Tage den Sieg davon.

Der Grund für das zweite Hissen der Feenflagge war ganz anderer Art. Wieder stand des Geschick des Clans auf dem Spiel, aber nun war es kein Feind, der mit Dolch und Schwert kämpfte. Eine Krankheit befiel das Vieh, und es gab kaum eine Kuh mehr, die von der Seuche nicht befallen worden war. Dem Clan drohte große Not, denn von Vieh und dessen Verkauf bestritten die meisten ihren Lebensunterhalt.

Als der Häuptling sah, daß es nur noch ein paar Rinder auf der Weide gab, fand er, dies sei der Zeitpunkt, um die Wirksamkeit der Feenflagge wieder einmal zu erproben. Er holte sie aus dem eisernen Kasten und sagte zu seinen Männern und Frauen:

»Es ist wahrlich unter diesen Umständen nicht leichtsinnig, die Feenflagge aufzupflanzen.«

Dann wurde die Fahne entrollt und wehte im Wind. Und von dem Augenblick an starb keine Kuh, kein Ochse, kein Schaf und keine Ziege mehr an der Seuche. Und so erwies sich also zum zweiten Mal die Macht der Feenflagge.

Wieder verging viel Zeit, und die Feenflagge wurde getreulich von Generation zu Generation weitergegeben.

Im Jahr 1799 nun war ein Mann namens Buchanan als Vogt bei MacLeod von MacLeod angestellt. Wie viele andere auch, kannte er die Legende von der Feenflagge. Er wußte aber auch um den Fluch, der, bisher noch unerfüllt, mit ihr verbunden war. Aber er war ein Skeptiker und sah voller Verachtung auf solchen Aberglauben herab. Man konnte ihn sagen hören, die Fahne sei nicht mehr als ein Fetzen verschossenen Tuchs und die Prophezeiung lediglich Geschwätz alter Weiber.

Eines Tages, als MacLeod selbst nicht auf Dunvegan war, beschloß Buchanan, die Prophezeiung auf die Probe zu stellen. Es gab da einen englischen Schmied im Dorf; ihn ließ Buchanan holen und befahl dem Mann, den Eisenkasten, der die Feenflagge enthielt, gewaltsam zu öffnen. Dann schwenkte er das Stück grünen Tuchs durch die Luft.

Ein unpassenderer Grund, um die Fahne zu hissen, hätte sich schwerlich finden lassen können.

Für jene, die an die Macht der Feen glaubten, waren die nun folgenden Ereignisse unvermeidlich. Kurz darauf wurde der Erbe der MacLeod bei der Explosion an Bord eines Schiffes getötet. Nicht viel später, und die Felsengruppe ging in den Besitz von Campbell über. Und dann geschah, was die Stimmen der Feen vor so langer Zeit schon vorausgesagt hatten. Eine zahme Füchsin, die einem Leutnant MacLean gehörte, wurde im Schloß gehalten und brachte ihre Jungen im Westturm zur Welt. Von diesem Tag an begann das Vermögen der MacLeods dahinzuschwinden, und ein großer Teil ihres Grund und Bodens mußte verkauft werden.

Obwohl der Clan nun arm war, blieb ihm immer noch sein guter Name und sein Ruhm. Dann aber kam eine Zeit, die noch gar nicht so lange zurückliegt, zu der es in der Familie des Häuptlings nur noch drei MacLeods gab – nicht genug, um ein Boot mit vier Riemen über den Loch Dunvegan zu rudern.

Heute kann man die Feenflagge unter einem Glassturz auf Dunvegan Castle betrachten, und alle, die die seltsame Geschichte kennen, fragen sich, wenn sie das Stück alte Seide anschauen – verblichen durch das Alter, aber die Elfenflecken noch deutlich zu erkennen –, ob es noch einmal im Guten oder im Bösen Wunder tun wird.

Tammas und der Nuckelavee

Eines der abstoßendsten Geschöpfe des schottischen Feenreiches – und die Schotten sind Meister im Ausmalen von Schreckensbildern – ist der Nuckelavee, ein Seeungeheuer von den Orkneys. Er kommt aus dem Meer, verbreitet Unheil, wohin auch immer er kommt, verdirbt die Ernten, läßt das Vieh sterben, und jeder Mensch, der ihm direkt begegnet, erleidet den Tod. Obwohl er ein Seewesen ist, kann er kein frisches Wasser ertragen, und die einzige Art, ihm zu entkommen, ist durch ein fließendes Gewässer zu laufen. Die Geschichte berichtet von Tammas, einem alten Mann, der behauptete, einen Nuckelavee getroffen und die Begegnung überlebt zu haben:

In einer sternklaren Nacht lief Tammie auf einem Ackerstück zwischen einem Süßwassersee und dem Meer, als er plötzlich merkte, daß ihm etwas entgegenkam. Es schien ein Ungeheuer zu sein, aber er konnte weder nach links noch nach rechts ausweichen, und zudem erinnerte er sich daran, gehört zu haben, man solle vor übernatürlichen Wesen nie davonlaufen. Also nahm er all seinen Mut zusammen und ging langsam, aber entschlossen weiter. Als die Erscheinung näher herangekommen war, erkannte er, daß es ein Nuckelavee war.

Der untere Teil des Feenungeheuers sah aus wie ein mächtiges Pferd, mit Hautlappen wie Schwimmflossen an seinen Beinen, mit einem Maul so groß wie das eines Wals, aus dem der Atem kam wie Dampf aus einem Braukessel. Es hatte nur ein Auge, und dieses war rot wie Feuer. Aus seinem Rücken schien ein riesiger Mann ohne Beine, aber mit Armen, die fast bis auf den Boden reichten, herauszuwachsen. Sein Kopf glich einem Gebilde aus geflochtenen Strohseilen, das zwischen den Schultern hin und her rollte, und es schien, als werde es im nächsten Augenblick zu Boden stürzen.

Was aber Tammie am widerlichsten erschien, war, daß das Geschöpf keine Haut hatte. Die ganze Oberfläche des nackten Körpers bestand aus rohem Fleisch, und man konnte sehen, wie in den gelben Adern Blut floß, das wie Teer aussah.

Tammie ging langsam und von Schrecken durchrieselt weiter, die Haare standen ihm zu Berge, und es war, als habe jemand Eis auf seine Kopfhaut gestrichen. Kalter Schweiß trat ihm aus allen Poren. Aber er wußte, es war zwecklos zu fliehen, und er sagte sich, wenn er schon sterben müsse, wolle er lieber dem Ungeheuer, durch das er zu Tode komme, ins Gesicht sehen, als ihm den Rücken zuzukehren.

In seiner Bestürzung erinnerte sich Tammie daran, daß er von der Abneigung des Nuckelavee vor fließendem Wasser gehört hatte, und hielt sich auf der Seite des Weges zum See hin. Plötzlich stand das Ungeheuer unmittelbar vor ihm. Das Maul war aufgerissen und sah aus wie ein Loch ohne Boden, ein feuerheißer Atem schlug Tammie ins Gesicht. Das Ungeheuer streckte seine langen Arme aus, und Tammie wich zum See hin aus. Er spritzte mit dem Fuß Wasser auf die Vorderbeine des Ungetüms, worauf das Pferdewesen ein Geräusch von sich gab, das wie Donner klang. Nun begann Tammie um sein Leben zu laufen, und der Nuckelavee setzte ihm nach. Der Mann hörte hinter sich einen Laut, der ihn an das Tosen der See in einer Sturmnacht erinnerte. Vor Tammie floß ein kleiner Bach, und er wußte, wenn es ihm gelang, das fließende Wasser zu überqueren, war er gerettet. Also strengte er sich an, durch die Strömung hinüberzukommen. Wieder griffen die langen Arme des Nuckelavee nach ihm. Tammie tat einen verzweifelten Satz und war auf der anderen Seite, nur seine Mütze blieb in den Klauen des Ungeheuers. Der Nuckelavee stieß einen wilden Schrei der Enttäuschung und Wut aus. Tammie aber stürzte am anderen Ufer bewußtlos zu Boden. Er war gerettet und galt hinfort in Schottland als das einzige menschliche Wesen, das eine solche Begegnung überlebt hatte.

Zeugnisse von Feen

John Campbell, ein Kahlkopf, ist neunzig Jahre alt. Er wurde in Barra bei Sgalary geboren und lebt heute bei Breuvaig. Er erzählte zwei Geschichten:

Die Fee und die Quelle. »Ich hatte einen Kameraden, der hieß James Galbraith. Vor vierzig Jahren ertrank er. Zu seinen Lebzeiten überquerte er einmal die Insel von Westen nach Osten, und weil er durstig war, trank er aus einer Quelle am Abhang der Berge. Als er seinen Durst gestillt hatte, sah er sich um, und vor ihm stand eine Frau in grünen Kleidern. Er wußte, das konnte nur eine Feenfrau sein. Er ging seines Weges, war noch nicht sehr weit, als er zurückblickte. Die Frau war verschwunden. Er erzählte dann seinem Vater in Sgalary davon, und dieser sagte, er sei dieser Feenfrau auch schon begegnet.«

Die Feen haben Mitleid mit dem Stiefsohn. »Mein Großvater war zweimal verheiratet und hatte drei Kinder aus seiner ersten Ehe, und als er zum zweiten Mal heiratete, hatte er noch einen Sohn und eine Tochter. Seine zweite Frau war wohl zu den Kindern der ersten Frau nicht sehr nett. Sie gab ihnen nicht genug zu essen und teilte ihnen auf dem Feld und beim Weiden des Viehs immer die schwerste Arbeit zu.

Eines Morgens nun, als mein Großvater und seine zweite Frau von der Messe heimkehrten, kamen sie an einer Wiese vorbei, auf der ihre Kühe grasten, und hörten jemanden Dudelsack spielen.

Wer mag das wohl sein, fragte mein Großvater, und als er genauer hinsah, fand er da seinen ältesten Sohn aus erster Ehe, der voll Vergnügen das Instrument spielte.

Wie kommt es denn, daß du plötzlich Dudelsack spielen kannst, und wo in aller Welt hast du das schöne Instrument her? fragte ihn sein Vater.

Da sagte sein Sohn: Ein alter Mann kam plötzlich zu mir, als ich Töpfe auf dem Feuer hatte, und sagte: Deine Stiefmutter ist unfreundlich zu dir. Sie mag dich wohl nicht leiden? Ich nickte, und dann fragte er: Wenn ich dir einen Beruf verschaffe, wirst du ihn dann auch ausüben? Als ich zustimmte, fuhr der alte Mann fort: Was hieltest du davon, ein Pfeifer zu werden? Ach, dazu hätte ich wohl Lust, sagte ich, aber wie soll das angehen, da ich doch keinen Dudelsack habe und auch keine Melodien kenne, die ich spielen könnte. Den Dudelsack bekommst du von mir, sagte der Alte, und solange du ihn besitzt, sollen dir auch die Melodien nicht ausgehen.

Die männlichen Nachkommen dieses jungen Mannes waren dann alles berühmte Pfeifer, und der letzte von ihnen war Cluny MacPerson von Cluny.«

Donald McKinnon ist sechsundneunzig Jahre alt und von Beruf Pfeifer. Er ist der älteste Mann auf Barra. Er wurde auf der Insel South Uist, einer der Westlichen Hebriden, geboren und kam 1836 nach Barra. Er erzählte: »Ich meine, die Feen leben als ein Stamm Geister und erscheinen uns in der Gestalt von Männern und Frauen. Leute, die die Feen sahen, erzählen, daß sie stets grüne Kleider tragen.

Nach meiner Ansicht besteht ein großer Unterschied zwischen den Feen und der Schar oder dem Zug (Host oder Sluagh). Feen können ohne materielle Nahrung auskommen, jene aber, die im Zug mitfahren, leben von der Beute, die sie machen. Gewöhnlich sind die aus dem Zug böse, und die Feen sind gut. Aber ich habe auch von Feen gehört, die Kühe stahlen und statt ihrer alte Männer, in Häute gehüllt, zurückließen. Eines Nachts hörte eine alte Hexe die Feen draußen vor dem Pferch sagen: Heute nacht konnten wir nichts holen.

Ich habe selbst mitangesehen, wie die Schar zwei Männer mitnahm. Sie wurden von South Uist nach Süden bis Barra Head und im Norden bis nach Harris getragen. Einmal, als die Schar den Männern unterwegs befahl, auf der Straße Menschen zu töten, töteten sie statt dessen ein Pferd und eine Kuh. Denn damit war dem Befehl der Schar Genüge getan.«

Der Feengürtel. »Ich hörte einmal von einem Zimmermannslehrling, der bei seinem Meister arbeitete und ein Boot baute. Das geschah nicht weit weg vom Haus, nahe dem Meer. Er fing früh am Morgen an, und dann mußte er ein Werkzeug holen, das er nicht bei sich hatte. Er ging zu einem Schuppen, und als er die Tür öffnete, sah er in dem Raum lauter Feenmänner und Feenfrauen. Als sie ihn bemerkten, liefen sie voller Angst davon, aber eine Frau verlor ihren Gürtel, und er hob ihn auf und nahm ihn an sich. Kurz darauf kam sie zurück und wollte den Gürtel wiederhaben, aber er gab ihn ihr nicht. Da versprach sie ihm dafür, er solle schon nächsten Herbst Meister werden. Nach diesem Versprechen bekam sie von ihm ihren Gürtel wieder. Als er am nächsten Morgen zu der Stelle kam, an der er das Boot baute, fügte er zwei Planken so vollkommen ein, daß der Meister, als er kam, um nach dem Rechten zu sehen, sagte: Wer immer das gemacht hat, er ist besser als ich. Warst du es etwa?

Da verriet der Lehrling seinem Meister, wer ihn das gelehrt hatte. Und tatsächlich wurde der Junge noch vor dem Herbst Meister, ohne daß er überhaupt Geselle gewesen war.«

Marian MacLean ist eine direkte Nachfahrin der alten MacNeils von Barry, und sie wohnt in der gebirgigen Mitte von Barra bei Upper Borve. Sie erzählte folgende Geschichten:

»Gewöhnlich sieht man die Feen gegen oder kurz nach Sonnenuntergang. Sie gehen über die Erde hin, gerade so wie ein gewöhnlicher Sterblicher, wohingegen die Schar durch die

Luft reist, aber meist über Gegenden, die von Menschen nicht bewohnt sind.

Die Schar ist bei Nacht unterwegs, und besonders häufig trifft man sie gegen Mitternacht. Man hört sie bei gutem Wetter gegen den Wind wie einen Schwarm Vögel. Und sie hat die Angewohnheit, in South Uist Männer fortzuschleppen, weil sie Hilfe braucht, wenn sie Feenpfeile auf Frauen schießt, die gerade die Kühe melken.

Ich habe oft gehört, daß Männer, die einen Menschen töten sollten, statt dessen ein Pferd oder eine Kuh erlegten. Da war einmal ein Mann, der hatte nur eine einzige Kuh und eine Tochter. Die Tochter molk gerade die Kuh, als abends der Zug vorbeikam und den einen Nachbarn mit fortgerissen hatte. Dieser Nachbar hatte nun den Befehl, das Mädchen zu töten. Da er es und ihren Vater aber gut kannte, schoß er statt dessen auf die Kuh. Am nächsten Morgen ging er zum Vater und fragte: Vermißt du deine Kuh? Ja, sagt der, so ist es. Und der Mann, der mit dem Zug unterwegs gewesen war, antwortete: Sei froh, daß sie deine Kuh und nicht deine Tochter mitgenommen haben. Mein Vater und mein Großvater kannten einen Mann, der von der Schar von South Uist bis hier nach Barra verschleppt wurde. Wenn die Schar einen irdischen Mann entführt, braucht sie Hilfe. Meiner Meinung nach besteht die Schar aus Geistern, Geister der Toten und Geister derer, die nicht tot sind. Ein Kind, das die Schar mitgenommen und nach einer Nacht wiedergebracht hatte, fand man hinter dem Haus. Seine Hände steckten in Löchern in der Mauer, aber in seinem Körper war kein Leben mehr. Man glaubt, daß die Leute, die von der Schar mitgerissen und dann zurückgebracht werden, aus großer Höhe herabstürzen und dabei umkommen. Was aber nun die Feen angeht, so ist es meine entschiedene Meinung, daß es sich bei ihnen um Geister handelt, die als menschliche Wesen erscheinen.«

Bei der Frage nun, ob die Feen so etwas wie Tote seien, zögerte Marian mit der Antwort. An gefallene Engel mochte sie schon eher glauben: »Als die gefallenen Engel aus dem Himmel geworfen wurden, befahl Gott ihnen: Nehmt eure Wohnung in Grotten, unter der Erde in Grabhügeln im Erdreich oder in Felsen. Gemäß diesem Befehl seien sie gehalten gewesen, an den besagten Plätzen für eine gewisse Zeit zu bleiben. Diese Zeit sei abgelaufen vor dem Tag des Jüngsten Gerichts, und dann werde man sie zahlreicher zu Gesicht bekommen als je zuvor.«

Sie wußte noch zwei Feengeschichten. Die erste handelt von Feenfrauen, die für eine Sterbliche spinnen, die zweite von einem Wechselbalg, der ein berühmter Musiker wurde.

Feenfrauen und Spinnerin. »Mein Großvater kannte eine Frau in der Nachbarschaft, die mußte rasch eine große Menge Wolle verspinnen, um Stoff für ein Kleidungsstück daraus zu weben. Eines Nachts nun wünschte sie sich im geheimen, eine Frau solle ihr helfen. Am nächsten Morgen schon zeigten sich vor ihrem Haus sechs oder sieben Feenweiber in langen grünen Kleidern, die alle gleichlautend riefen: Ein Kardierkamm her und ein Spinnrad! Als sie ihnen beide Gerätschaften gab, machten sie sich eifrig an die Arbeit, und am Mittag war der Stoff fertig. Sie hatten die Wolle auf einer Handspindel gesponnen. Gleich verlangten sie wieder nach neuer Arbeit. Die Frau hatte jetzt nichts mehr zu spinnen oder zu weben und überlegte sich, wie sie die Frauen wieder loswerden könne. Sie ging zu ihrem Nachbarn, um sich dort Rat zu holen. Der alte Mann fragte, was denn die Feen gesagt hätten. Sie wollen etwas arbeiten, aber ich habe nichts mehr für sie zu tun, antwortete ihm die Frau. Dann sage ihnen, riet ihr der Mann, sie sollten den Sand verspinnen, und wenn du sie damit auch nicht los wirst, dann geh vor die Tür und rufe so laut du kannst: Dun Borve steht in Flammen.

Mit dem Auftrag klappte es nicht, denn die Feenfrauen fingen tatsächlich an, Sand zu Wolle zu verspinnen. Die Frau begriff nicht, welch großen Gewinn sie daraus hätte ziehen können. Sie wollte die Feen nur aus dem Haus haben, denn sie wurden ihr mehr und mehr unheimlich. Also rief sie draußen: Dun Borve steht in Flammen. Augenblicklich machten sich die Feenfrauen unsichtbar. Und als sie fortzogen, hörte die Frau ein melancholisches Klagen. Dun Borve steht in Flammen! Dun Borve steht in Flammen! Was soll nur aus unseren Hämmern und aus dem Amboß werden?

Man muß nämlich wissen, daß in Dun Borve, im Land der Feen, die Schmiede steht.«

Der Schneider und der Wechselbalg. »Da waren einmal eine junge Frau und ein junger Mann, die lebten in dem kleinen Ort Allesdale, und das Paar hatte gerade das erste Kind bekommen. Eines Tages nun ließ die Mutter das Kind in der Wiege zurück und ging hinaus, um Schafe zu scheren, und als sie wieder hereinkam, weinte das Kind ganz erbärmlich. Sie wollte es wie gewöhnlich mit Haferbrei und Milch füttern, aber damit war das Kind nicht zufrieden. Es tat so, als sei das nicht die rechte Nahrung für sein Alter.

Nun wollte es der Zufall, daß zu dieser Zeit ein Stück handgewebten Stoffs bereitlag für den Schneider, und dieser kam und machte sich an die Arbeit. Als die Frau wieder hinaus zum Schafescheren mußte, erklärte sie dem Mann, das Kind werde vielleicht wieder zu schreien beginnen, er solle sich nicht weiter darum kümmern.

Nun, alles ging gut, bis es Mittag wurde, und der Schneider beobachtete, wie sich das Kind aufstützte und mit der Hand auf ein Brett über der Wiege hinauflangte, wo ein Dudelsack lag. Und dann begann es auf dem Instrument zu spielen. Sofort füllte sich das Haus mit Feenfrauen, alle in langen grünen Gewändern, die zu tanzen begannen, und der Schneider tanzte auch mit. Gegen zwei Uhr verschwanden plötzlich die Frauen, ebenso der Dudelsack, und das Kind schrie wieder in seiner Wiege wie vorher.

Als die Mutter nach Hause kam, um das Dinner zu richten, fiel ihr auf, daß der Schneider mit seiner Arbeit bei weitem nicht so weit gekommen war, wie er hätte sein müssen. Als aber die Feenfrauen verschwunden waren, hatte das Kind zu dem Schneider gesagt, er dürfe niemandem erzählen, was er da gesehen habe. Der Schneider hielt sich also an sein Versprechen und sagte nichts zu der Mutter des Kindes.

Am zweiten Tag ging die Hausfrau wieder zum Scheren aus dem Haus und hieß den Schneider, er solle sich mit seiner Arbeit nun sputen. Wiederum zur selben Stunde bewegte sich das Kind in der Wiege, griff nach dem Dudelsack und spielte damit auf. Die Feenfrauen kamen wieder, tanzten, und der Schneider tat auch wieder mit.

Mit seiner Arbeit kam er ebensowenig voran wie am ersten Tag, und der Hausfrau blieb das nicht verborgen, als sie zurückkam. Sie fragte ihn, wer ihn denn da eigentlich immer aufhalte.

Da sagte er zu ihr: Ich bitte Euch, nehmt heute Abend, wenn Ihr zu Bett geht, nicht das Kind in den Arm, um es in den Schlaf zu wiegen, denn es ist nicht Euer Kind, noch überhaupt ein Kind, es ist ein alter Feenmann. Morgen aber, ehe die Flut kommt, geht auf den Strand, hüllt das Wesen in eine Decke und tut dann so, als sammeltet ihr dort Schellfisch ein. Aber bei Eurem Leben, kehrt nicht um, bis die Flut so hoch ist, daß ihr gerade noch zur Küste zurückwaten könnt.

Die Frau befolgte den Rat des Schneiders, und als sie das Kind betrachtete, während sie zur Küste zurückwatete, rief dieses ihr zu: Es war gut, daß Ihr so verfahren seid. Sonst hätte alles ein böses Ende genommen. Segen Euch und Fluch dem, der Euch diesen Rat gab. Dann aber sah sie, daß sie nur noch die leere Decke im Arm hielt.

Als die Frau nun in ihr Haus kam, lag das rechte Kind wieder in der Wiege, und später ist es ein berühmter Dudelsackpfeifer geworden.«

Giogas Sohn

Eine Bootsmannschaft landete einst auf den Schären, um dort Robben zu fangen. Die Jäger waren recht erfolgreich. Sie überraschten eine ganze Anzahl von Tieren, die dort lagen, und zogen ihnen das Fell ab. Die nackten Kadaver ließen die Robbenjäger auf den Felsen liegen. Dann machten sie sich auf den Weg zurück zu ihrem Boot und wollten ihre Beute nach Papa Stour bringen, von wo sie gekommen waren. Gerade als sie einstiegen, erhoben sich so gewaltige Wellen, daß sie glaubten, nicht einen Augenblick zögern zu dürfen, wollten sie noch an Bord kommen. Allen gelang dies bis auf einen, der hinter der Gruppe zurückgeblieben war. Seine Gefährten wollten ihn nicht auf der Insel im Verderben lassen, aber die Brandung war so stark, daß alle Versuche, noch einmal zu landen, scheiterten. Also mußten sie den Unglücklichen seinem Schicksal überlassen.

Eine dunkle Nacht mit heftigem Sturm begann. Die See brach sich wütend an den Felsen, und der arme Bursche sah keine andere Aussicht, als entweder an Kälte oder Hunger zu sterben oder von den Brechern, die über die Felsen hingingen, irgendwann ins Meer gespült zu werden.

Schließlich sah er mehrere Robben, die den Jägern entgangen waren. Als sie wieder an Land kamen, zogen sie ihre Tierfelle aus und zeigten sich in ihrer wahren Gestalt als Meerestrolle. Als erstes gingen sie daran, ihren Freunden zu Hilfe zu kommen, die betäubt und ohne Fell dalagen. Als sie diese wieder zum Leben erweckt hatten, nahmen diese ebenfalls ihre wahre Gestalt an und wurden Meerestrolle, Angehörige eines Feenvolkes, das unter dem Meer lebt. Dann aber klagten sie um die Wette mit dem Sturm über den Verlust ihrer Schwimmhäute, ohne die sie nie mehr in ihre Heimat tief unter dem Atlantik zurückkehren könnten. Am heftigsten klagten sie über Ollavitinus, den Sohn der Gioga. Ihre Klagegesänge brachen ab, als sie den Bootsmann erblickten, der zitternd und verzweifelt den Wellen entgegensah, die immer wieder über die Klippe dahinfegten. Gioga erkannte, daß das Menschenwesen vielleicht ihrem armen Sohn helfen könnte. Sie trat vor den Robbenjäger hin und schlug ihm vor, ihn auf ihrem Rücken nach Papa Stour zu tragen, sofern er ihr das Robbenfell ihres Sohnes wiederbeschaffe.

Der Handel wurde geschlossen, und Gioga nahm ihre ungewöhnliche Last auf den Rücken. Aber als der Mann auf die stürmische See hinschaute, durch die sie schwimmen mußten, verließ ihn fast der Mut, und er bat die Robbenfrau, ihm doch zu erlauben, mit einem Messer ein paar Schnitte in ihre Schultern und in ihre Flanken zu machen, um sich festhalten zu können, indem er seine Hände zwischen Haut und Fleisch steckte.

Auch das erlaubte Gioga, die alles tun wollte, um ihren Sohn zu retten. Nachdem alles derart vorbereitet worden war, nahm sie den Menschen auf den Rücken und stürzte sich mit ihm in die Fluten. Tapfer pflügte sie mit ihm durch die brausende See und brachte ihn sicher und wohlbehalten nach Acres Gio auf Papa Stour. Der Jäger aber machte sich sogleich auf den Weg nach Skeo bei Hamna Vie, wohin das Robbenfell inzwischen gelangt war, und erfüllte seinen Teil des Vertrages, so daß es Gioga möglich wurde, ihren Sohn in die Heimat unter dem Ozean mitzunehmen.

Märchen aus Frankreich und der Bretagne

Die beiden Feen und die Zwillingsbrüder

Es waren einmal zwei Brüder, das waren Zwillinge, und die waren so schön wie der lichte Tag und so stark und kühn wie Cäsaren. Eines Abends kehrten die beiden aus Mirande vom Jahrmarkt zurück. Sie mußten einen dichten Wald durchqueren. Es war im Juli zur neunten Abendstunde. Der Vollmond schien und leuchtete in seiner ganzen Pracht. Da hörten sie auf einmal lautes Gelächter, das aus einer Dornenhecke kam. »Hi, hi, hi! Hi, hi, hi!«

Die Zwillinge zogen die Zügel der Rösser an. »Hast du dieses vernommen, mein Bruder?« fragte der Ältere. »Ja, mein Bruder. Es klingt wie das Lachen junger Mädchen.« Im selben Augenblick traten aus dem Dornengestrüpp zwei junge Mädchen hervor, die waren schön wie Engel, und sie trugen Kleider aus Seide und Gold.

»Guten Abend, ihr jungen Herren!«

»Guten Abend, ihr schönen jungen Frauen!«

»Wir sind keine jungen Frauen. Ihr seid Zwillinge vom Menschengeschlecht, wir aber sind Zwillinge aus dem Feenreich. Wenn ihr uns heiraten wollt, so werden wir euch so reich machen wie das Meer und euch Söhne schenken, so stark und kühn, wie ihr selbst es seid.«

»Laßt uns Hochzeit halten!« sprach der Ältere. »Ich nehme die Ältere zur Frau.«

»Laßt uns Hochzeit halten!« sprach der Jüngere. »Ich nehme die Jüngere zur Frau.«

»So sei es«, sprachen die Feenzwillinge, »morgen früh vermählen wir uns. Geht nun nach Hause. Bei Anbruch der Morgendämmerung aber sollt ihr an der Tür der Kirche warten, die am Eingang zu unserem tiefen Wald steht. Seid aber auf eurer Hut. Ihr dürft bis dahin nichts essen und nichts trinken, denn sonst wird ein großes Unglück geschehen.«

»Liebe Feen, es sei, wie ihr es wünscht.«

Die Zwillingsbrüder nahmen Abschied von den Feen, kehrten zu Vater und Mutter zurück und erzählten ihnen nichts. Als es zwei Uhr schlug, erhoben sie sich leise, ganz leise vom Lager und verließen das Haus.

»Rasch, eilen wir, so schnell wir können! Wir haben gerade noch Zeit, um vor der Morgenröte bei der Kirche, die am Eingang des tiefen Waldes steht, anzukommen!«

Als die Zwillingsbrüder in gestrecktem Galopp dahinritten, kamen sie an einem Kornfeld vorüber. Das Korn war fast schon reif. Da brach der Jüngere gedankenlos eine Ähre, löste ein Körnchen heraus und zerbiß es. Er wollte sehen, ob es schon ganz reif sei.

Vor Anbruch der Morgendämmerung kamen sie vor der Kirche, die am Eingang des tiefen Waldes steht, an. Das Portal war geöffnet, am Altar brannten schon die Kerzen. Die beiden Feen waren wie Bräute gekleidet. Sie trugen weiße Gewänder und Schleier, Brautkronen auf den Häuptern und Sträußchen an den Gürteln.

»Ach, lieber Freund«, sprach die jüngere Fee zu dem jüngeren Bruder. »Du hast nicht an dein Versprechen gedacht, nichts zu essen und nichts zu trinken. Du hast es vergessen. Daher bist du schuld an großem Unglück. Hätte ich dich zum Manne nehmen können, so hätte ich Menschengestalt erhalten und wäre eine junge Frau geworden. So aber muß ich nun für immer eine Fee bleiben.« Mit diesen Worten verschwand die jüngere Fee, und ihr Bräutigam sah sie niemals, niemals mehr wieder.

Der Priester und sein Meßdiener lasen die Hochzeitsmesse für die beiden anderen Verlobten.

Dann sprach der Jüngere zu dem Hochzeitspaar: »Lebt wohl! Ich werde weit, weit fort in die Fremde reiten, und ich werde als Mönch in ein Kloster eintreten. Sagt meinem Vater und meiner Mutter, daß sie mich niemals mehr wiedersehen werden.«

Auf der Stelle sprengte der Jüngere auf seinem Roß davon. Der Ältere aber führte seine Gemahlin zu seinen Eltern. Bevor sie am Abend zu Bett gingen, sprach die Braut:

»Höre mich an! Wenn du mich liebst, so hüte dich, mich jemals Fee oder närrisch zu nennen. Wenn du es dennoch tust, wird ein großes Unglück geschehen.« »Liebe Frau, sei nur ohne Sorge. Niemals werde ich dich Fee oder närrisch nennen.«

So lebten die beiden sieben Jahre als Mann und Frau glücklich und zufrieden zusammen. Sie waren reich wie das Meer, und sie hatten sieben Knaben in ihrem Schloß. Eines Tages, als der Mann zum Jahrmarkt gegangen war, übernahm die Frau dessen Stelle und waltete als Hausherrin. Es war Mitte Juli. Das Wetter war wunderschön, und die Kornfelder waren fast reif. Da blickte die Schloßherrin zum Himmel auf, und sie sprach: »Auf, ihr Knechte! Auf, ihr Pächter! Rasch! Rasch! Schneidet das Korn und bindet die Garben! Rasch! Rasch! Bald kommen Hagel, Unwetter und Sturm!«

»Aber Herrin, die Sonne scheint warm, der Himmel ist blau, und das Getreide wird erst in acht Tagen reif sein.« »Tut nur, was ich euch befehle! »

Die Knechte und Pächter gehorchten. Sie waren noch bei der Arbeit, als der Herr nach Hause kam. »Liebe Frau, was tun denn diese Leute da?«

»Lieber Mann, sie tun, was ich ihnen befohlen habe.« »Frau, das geschnittene Korn ist doch noch nicht reif, du bist wohl närrisch!«

Da war im selben Augenblick die Frau verschwunden. Und noch am selben Abend verwüsteten Unwetter, Sturm und Hagelschlag das ganze Land.

Jeden Morgen bei Anbruch der Dämmerung aber kehrte die Fee in das Schloß zurück. Sie trat in die Kammer ihrer sieben Kinder und kämmte sie weinend mit einem goldenen

Kamm. »Ihr armen Kinder, verratet niemals eurem Vater, daß ich bei Anbruch der Morgendämmerung in eure Kammer komme und euch mit einem goldenen Kamm kämme. Wenn ihr es dennoch tut, wird großes Unglück geschehen.«

»Liebe Mutter, nie werden wir dich verraten!«

Aber der Vater wunderte sich sehr, als er seine Söhne stets so schön gekämmt sah. Jeden Morgen fragte er sie: »Meine lieben Kinder, wer hält euch nur immer so schön gekämmt?«

»Vater, es ist unsere Dienerin.«

Der Vater aber blieb mißtrauisch und war auf seiner Hut. Eines Abends tat er, als ginge er schlafen. Er versteckte sich in der Kammer der sieben Kinder. Da trat bei Anbruch der Morgendämmerung ihre Mutter herein, um sie unter heißen Tränen mit einem goldenen Kamm zu kämmen.

Da konnte der Mann nicht mehr an sich halten und rief:

»Meine arme Frau, ach, komm, komm zu mir!«

So schnell wie ein Blitz verschwand im selben Augenblick die Fee. Weder ihr Gemahl noch ihre sieben Kinder sahen sie jemals wieder.

Die Geschichte von einer Veillée

In der Gegend um Morbihan und im Finistère, wo sich noch alte keltische Traditionen erhalten haben, finden, wie in Irland und auf den Westlichen Hebriden, noch abendliche Runden des Geschichtenerzählens, sogenannte Veillées, statt.

An diesem Abend blies der Wind aus Osten, und im Mondlicht glomm auf dem Strohdach der Hütte eine dünne Schicht Schnee, die sich seit Sonnenuntergang da angesammelt hatte.

Alle beeilten sich, das gemütliche Backhaus zu erreichen, wo Alain Corré eine Kugel Haferteig knetete. Der Pfarrer, Pater LeScour, war zeitig gekommen, denn es war ihm darum zu tun, den besten Platz unmittelbar vor dem Backofen zu bekommen.

Victor hatte uns für diese Nacht eine hübsche Geschichte versprochen. Ich war damals knapp über vierzehn, und wie alle Nachbarn beeilte ich mich, rechtzeitig zur Stelle zu sein, um Victor anzuhören.

Meine Mutter war, als ich kam, bereits da und hatte die Handspindel bei sich, während mein Bruder Yvon dabei war, einen hölzernen Butterlöffel zu schnitzen. Alle paar Minuten gingen ich und mein kleiner Cousin hinaus, um zu schauen, ob es noch schneite und ob Victor endlich kommt. Endlich trat er ein, und alle klatschten, besonders die jungen Mädchen, die dazu eigens ihre Handspindeln für einen Moment beiseite legten. Nachdem einige der alten Männer gerufen hatten: »Laßt uns endlich anfangen!« begann Victor mit seiner Geschichte:

Früher lebten im Dorf von Kastel-Laer zwei Nachbarn, der eine hieß Paol al Ludu und der andere Yon Rustik. Paol war ein Nichtsnutz von einem Burschen. Er verdiente sich seinen Lebensunterhalt, indem er andere betrog oder bestahl. Er war immer gut gekleidet und wurde von seinen ärmeren Freunden beneidet. Yon Rustik hingegen war ein armer, kranker, aber ehrlicher Mann, der immer Gutes zu tun versuchte, aber nicht arbeiten konnte, sondern betteln mußte.

Eines Abends gerieten die beiden Männer in Streit. Paol al Ludu beleidigte Yon. Er sagte, so ein alter lahmer Mann, wie er einer sei, könne nie bis nach Paris kommen. »Ich aber«, fuhr Paol fort, »will in die Hauptstadt gehen und mich dort wie ein reicher Bürger vergnügen.« Worauf Yon ihm eine Wette anbot, daß er trotz seiner Schwäche auch nach Paris kommen werde. Da er ein ehrlicher Mann war, setzte er sein Vertrauen auf Gott. Die Wette wurde mit Händedruck bestätigt, und die beiden Männer brachen auf getrennten Wegen nach Paris auf.

Paol al Ludu hatte kräftige Beine. Nach drei Wochen kam er in Paris an. Er betätigte sich dort einmal mehr als Dieb und Betrüger. Er trug schöne Kleider, und die Leute ließen sich davon blenden. Der arme Yon Rustik hingegen kam nicht so schnell ans Ziel. Er mußte unterwegs betteln, und da er alte Kleider trug, mußte er, sofern er nicht eine Scheune fand, im Freien schlafen. Am Ende des Monats erreichte er einen großen Wald in der Nähe von Versailles, und da sich sonst kein Schutz für die Nacht bot, kroch er in den hohlen Stamm einer großen Eiche. Vor dem Baum entsprang eine Quelle, mit der es etwas Wunderbares auf sich hatte. Yon fiel auf, daß ihr Wasser von Osten nach Westen floß.

Gegen Mitternacht erwachte Yon von einem fürchterlichen Getöse. An die hundert Corrigane tanzten um die Quelle. Er hörte auch, wie der eine zu den anderen sagte:

»Ich habe euch eine Neuigkeit zu melden. Ich habe die Tochter des Königs verzaubert. Kein Sterblicher wird sie je heilen können, und dabei brauchte es dazu nicht mehr als einen Tropfen Wasser aus dieser Quelle.«

Der Corrigan, der das sagte, ging an Krücken, schien unter all den anderen das Sagen zu haben. Der Bettler wartete ungeduldig, bis die Corrigane verschwunden waren, dann schöpfte er etwas Wasser aus der Quelle und machte sich auf den Weg nach Paris, wo er am darauffolgenden Morgen ankam.

In dem Haus, wo Yon rastete, um sein Stück trockenes Brot zu essen, sprachen die Leute davon, daß die Tochter des Königs krank sei und die besten Ärzte Frankreichs sie nicht hatten heilen können. Drei Tage später sprach Rustik im Schloß vor und bat um eine Audienz, aber seine Kleider waren so abgerissen, daß die Diener ihn nicht vorlassen wollten. Er gab aber nicht nach, und endlich empfing ihn der König. Yon sagte, er sei gekommen, um die Prinzessin zu heilen, und nachdem man ihn in neue Kleider gesteckt hatte, holte er seine Flasche hervor, und die Prinzessin trank das Wasser darin aus bis auf den letzten Tropfen. Plötzlich begann sie erleichtert zu lachen. Sie umarmte den Bettler und dankte ihm. Sie war völlig genesen. Sofort befahl der König, seine goldene Staatskarosse vorfahren zu lassen, und die Prinzessin und der Bettler fuhren darin durch die Straßen von Paris. Nie hatte man so viele Menschen auf den Beinen gesehen wie an diesem Tag, denn die wunderbare Heilung der Königstochter hatte sich inzwischen herumgesprochen. Natürlich hatte auch Paol al Ludu davon gehört. Er bahnte sich den Weg zur königlichen Kutsche, und als er sah, wer da neben der Prinzessin saß, geriet er außer sich vor Wut und Neid. Aber ehe der Tag zu Ende war, hatte er Yon gefragt, wie er denn die wunderbare Heilung zustande gebracht habe. Yon erzählte ihm, daß das Wasser aus einer sonderbaren Quelle stamme. Er beschrieb ihm den Weg dorthin und die hohle Eiche, die nahe der Quelle stand.

Paol brach auf der Stelle dorthin auf, doch ehe er ankam, war es fast Mitternacht geworden. Er verbarg sich im hohlen Stamm und hoffte darauf, ebenfalls irgendwelche gewinnbringenden Enthüllungen zu belauschen.

Kaum war Mitternacht vorbei, als sich ein Höllenlärm erhob, diesmal schimpfte der Häuptling der Corrigane wie ein Dämon und rief den anderen zu: »Die Tochter des Königs ist von einem Bettler geheilt worden. Er muß sich dort in dem hohlen Stamm versteckt und uns belauscht haben. Rasch, laßt uns Feuer an den Baum legen, der uns solches Unglück gebracht hat.«

Im nächsten Augenblick stand die Eiche in Flammen, und man hörte Paols Angstschreie und sein Zähneklappern, während er mit dem Tode rang. So endete das Leben dieses bösen und unehrlichen Mannes, während Yon Rustik vom König eine Pension von zwanzigtausend Francs erhielt. Er lebte noch viele Jahre glücklich und in Freuden und vergaß nie, Bettlern, an denen er vorbeikam, etwas in ihren Hut zu werfen.

Geschichten von Morgane, der Fee

Die bretonischen Fischer auf der Ile Molène erzählen, Morgane sei eine ewig junge Fee, eine Verführerin, deren Leidenschaft nie gestillt werden könne. Ihr Aufenthaltsort liegt unter dem Meer, dort besitzt sie ein schönes Schloß mit Gold und Edelsteinen. Umgeben von anderen Feen, deren Königin sie ist, steigt sie zur Wasseroberfläche und zeigt sich dort den Fischern nackt. Bei Tage schläft sie in einer Höhle unter Wasser an der Küste, aber wehe dem, der ihren Schlaf stört. Bei Nacht läßt sie sich von den Wellen in die Nähe der Felsen locken. Berührt der Meeresschaum ihren Leib, so werden Edelsteine daraus. Im Mondlicht seufzt sie, während sie ihr Haar mit einem goldenen Kamm kämmt, und singt eine klagende Melodie, die von verlockendem Zauber ist. Seeleute, die sie hören, müssen ihr folgen, und der Zauber führt sie in Vernichtung und Tod. Ihre Schiffe zerschellen an Riffen, die Männer stürzen in die See, und Morgane stößt einen Freudenschrei aus. Doch sie umarmt nur eine Leiche, denn allein schon ihre Berührung tötet jeden Sterblichen. Wieder einmal hat sie vergeblich darauf gehofft, von einem Mann geliebt zu werden. Da sie eine Heidin ist, reicht es, von ihr berührt zu werden, um das schlimmste Schicksal zu erleiden, welches einem Christen widerfahren kann. Der Unglückliche ist dazu verdammt, für ewige Zeiten auf dem Meeresboden umherzuirren, die Augen weit geöffnet, das Zeichen seiner Taufe auf der Stirn. Er wird nie die süße Ruhe des Grabes auf einem Friedhof kennen, das seine Freunde und Verwandten besuchen, um dort für ihn zu beten.

Jenes Wesen, das Marie Morgane wurde, war Dahut, die Tochter des Königs Gradlon, der über die Stadt Is herrschte. Eines Nachts schlich sich Dahut in die Schlafkammer ihres

Vaters und stahl jenen Schlüssel für die Schleusentore, den er um den Hals trug. Darauf gab sie den Schlüssel dem schwarzen Prinzen, in den sie sich verliebt hatte. Dieser Mann war kein anderer als der Teufel selbst. Der heilige Guenole rief kurz darauf: »Großer König, erhebt euch. Die Schleusentore sind offen. Bald wird das Land vom Meer überflutet werden.«

Der alte König Gradlon sprang eilig aus dem Bett, warf sich aufs Pferd und floh mit dem heiligen Guenole aus der Stadt, als er seine eigene Tochter zwischen den Wellen erkannte. Verzweifelt bat sie ihren Vater um Hilfe, und er nahm sie hinter sich auf sein Pferd. Der heilige Guenole aber, der sah, wie das Wasser stieg und stieg, rief: »Wirf den Dämon, der hinter dir auf dem Pferd sitzt, ins Meer, dann werden wir alle gerettet werden!«

Daraufhin stieß Gradlon seine Tochter in den Abgrund, und er und der Heilige kamen mit dem Leben davon. Seit jener Zeit, so sagen die Fischer, sehen sie in Nächten mit rauher See und Vollmond Dahut, die Tochter des Königs Gradlon, an ebenjener Stelle, an der ihr Vater sie ins Meer stieß, auf den Felsen sitzen, singen und sich mit einem goldenen Kamm kämmen, und heute wird sie in der Bretagne Marie Morgane genannt, die Tochter, die im Meer singt.

Märchen aus Österreich und der Schweiz

Die wilden Frauen

Eines Tages geschah es, daß nahe dem Unterberg ein kleiner Junge auf einem Pferd saß, das der Vater am Feldrain angebunden hatte. Plötzlich kamen die Wildfrauen aus dem Berg und wollten das Kind mit Gewalt fortschleppen. Doch der Vater, der wohlvertraut mit den Geheimnissen des Berges war, lief furchtlos den wilden Frauen nach, entriß ihnen das Kind wieder und rief ihnen zu: »Wie kommt es, daß ihr neuerdings so häufig aus dem Berg hervorkommt und es euch auch noch einfallen laßt, mein Kind zu stehlen?«

Die Wildfrauen antworteten: »Dein Sohn wird es bei uns besser haben, als es ihm daheim je gegangen ist. Wir werden gewissenhaft für ihn sorgen, und es wird ihm kein Mißgeschick widerfahren.«

Dennoch wollte der Vater sein Kind nicht mitgehen lassen, und die wilden Frauen rannten weinend davon.

Ein anderes Mal kamen die wilden Frauen aus dem Unterberg zu einem Ort, der Kugelmühle heißt, und nahmen dort einen Knaben mit, der das Vieh hütete. Das Kind, das jeder in der Gegend kannte, wurde ungefähr ein Jahr danach von einem Holzfäller gesehen. Der Knabe trug grüne Kleidung und saß da auf einem Felsen. Am nächsten Tag nahm der Mann die Eltern des Kindes mit zu der Stelle, aber da war der Junge nicht. Sie suchten die Umgebung sorgfältig ab, aber ihr Sohn blieb verschwunden.

Es geschah auch häufig, daß einige der Wildfrauen aus dem Unterberg bis in das Dorf Anif kamen, das etwa eine Meile vom Berg entfernt liegt. Sie gruben dort Mulden in den Boden und legten sich darin schlafen. Sie hatten langes, sehr schönes Haar, das ihnen fast bis auf die Fersen reichte.

Ein Bauer aus dem Dorf, der eine dieser wilden Frauen mehrmals kommen und gehen sah, verliebte sich in sie, besonders aber gefiel ihm ihr schönes Haar. Nichts vermochte ihn davon zurückzuhalten, immer wieder zu der Stelle zu gehen, an der sich die Wildfrau zeigte, und sie bewundernd anzustarren. Schließlich legte er sich neben sie und schlief mit ihr. In der zweiten Nacht aber fragte sie, ob er nicht bereits eine Frau habe. Der Bauer log. Nein, sagte er, eine Frau habe er nicht.

Seine Frau aber hatte sich unterdessen gefragt, wo denn ihr Mann bei Nacht immer hingehe. In dieser Nacht war sie ihm nachgeschlichen und fand ihn endlich auf dem Feld in den Armen der wilden Frau. »Gott erhalte dir dein schönes Haar«, sagte sie zu der wilden Frau, »aber was tust du hier unter den Menschen?«

Nach diesen Worten wandte sich die Bäuerin wieder um und ließ die beiden allein. Die wilde Frau schalt den Bauern wegen seiner Lüge. Sie sagte zu ihm: »Hätte sich deine Frau mit Haß und Gewalt gegen mich gewandt, es wäre um dich geschehen gewesen. Du hättest diesen Platz hier nie mehr verlassen. Da sie mir aber nichts zuleide getan hat, so liebe sie hinfort, sei ihr treu, und wage es nie mehr, hier zu erscheinen, denn es steht geschrieben: ›Laßt einen jeden seinem angetrauten Weibe treu sein.‹ In dem Maße, in dem dieses Gebot unter den Menschen mißachtet werden wird, wird der Wohlstand der Verheirateten abnehmen. Nimm diesen Schuh voller Geld mit heim, und sieh dich nicht mehr nach mir um.«

Der Mann ging eilig nach Hause zurück.

Die Wachletä-Jumpfere bei Magden

In einem Krieg vor langer Zeit wurde nicht nur die Stadt Rheinfelden dreimal vom Feinde erstürmt, sondern auch das Clarissenstift Olsberg im Fricktal dreimal niedergebrannt. Da saß ein Köhler verzweifelt im Wald vor seinem Meiler und hielt Rat, wohin er entlaufen sollte. Auch das kleine Dorf Magden drunten ist niedergebrannt. Wozu da noch Kohlen brennen, sagte er bei sich, sowenig der Steinhügel da zu Gold wird, so wenig wird mich meine saure Arbeit vor dem Verhungern retten.

Bei diesen Worten kamen auf einmal gerade aus der Tiefe des Hügels, an dem er saß, sonderbare Töne heraus, und noch hatte er sich nicht recht besonnen, als drei schneeweiße Jungfrauen vor ihm standen oder eigentlich um den Kohlenhaufen herumschwebten, ohne daß ein schwarzes Stäubchen an ihren prächtigen Mänteln hängenblieb. Sie hatten Blumen in den Haaren und goldene Stäbchen in der Hand. Die eine deutete damit auf die Spitze des Kalkfelsens, und sogleich öffnete sich dieser sanft zu einem großen Gange. Da hinab führten sie den Kohlenbrenner, in einen weiten Saal mit goldener Wand, und boten ihm den Schlüssel an, mit dem er die Schatztruhen öffnen sollte, die ringsum standen. Der arme Mann wußte nicht, wie ihm geschah; halb aus herrlicher Verwunderung, halb aus christlicher Seelenangst fing er an zu schreien. »Alle guten Geister …!« In einem Hui fühlte er sich nach oben gewirbelt und in die Sonne hinausgeschmissen unter die alten Eichen des Hügels, während ein bitteres Jammern und Wehklagen aus dem Boden scholl.

Diese Waldgegend heißt heute noch der Jungferngraben, und noch immer will man dort singende Mädchen, aber auch Hundegebell und Pferdegewieher vernommen haben.

Andere Erzähler versetzen jedoch den Schauplatz dieser Begebenheit unter etwas veränderten Umständen in diejenige Gegend des Dorfes Magden, welche man Wachletä heißt. Auf der Hochebene gegenüber dem Steinbruch des Dorfes, welche sich bis zur Ortschaft Augst hinunter erstreckt, setzt sich ein paar tausend Fuß weit eine muldenförmige Vertiefung fort, wo zwischen Salweiden zahlreiche Wachteln anzutreffen sind; hier sollen denn auch die singenden Wachletä-Jumpfern gelebt und auf dieser Höhe soll unser Kohlenbrenner gewohnt haben. Er lag einst noch schlaflos auf seinem Laubsacke, als es auf dem Magdener Kirchturm schon eins geschlagen hatte. Da fing es draußen vor der Hütte an zu niesen.

»Helf dir Gott!« sprach er. »Helf dir Gott!« Und so sagte er es wohl dreißigmal, ohne daß das Niesen draußen aufhörte. »Hilft dir Gott nicht«, sagte er zuletzt, »so soll's der Teufel.«

Da hörte es auf, aber nun erfüllte Donnern und Krachen den Wald bis zum Morgen. Als nun der Mann in der Frühe vors Haus trat, sah er seinen ganzen Meiler bis auf einen Korb Kohlen versunken, an der Stelle aber quoll reichlich Wasser hervor. Wäre er kein Narr gewesen, so hätte er den Korb Kohlen hübsch ins Haus hineingetragen; so aber warf er ihn erzürnt ins Wasser. Dieses fließt heute noch, es trinkt aber kein Mensch davon, denn sonst setzt es Kröpfe ab. Aber diese Kohlen waren von den Jungfrauen, und mit ihnen ist auch ihr Esel verschwunden, der nichts fraß und doch jeden Morgen ein Goldstück legte.

Später ging einmal ein junger Mann um Mitternacht durch diesen Strich, um in aller Eile für seinen schwer erkrankten Vater den Arzt aus Rheinfelden zu holen. Am großen Steinbruch wünschten ihm drei Feen gute Nacht, und als er trotz seiner Atemlosigkeit freundlich darauf dankte, schwebten sie wie Vögel über den Talbach dem Waldberg zu. Der kranke Vater war bei des Sohnes Heimkehr schon genesen.

Als nach diesem ein Bauer mit seinem vierjährigen Söhnchen hier in später Nacht vorüberging, kam ihm am Steinbruch plötzlich sein Kind aus dem Gesicht. Auf wiederholtes Rufen gab es ihm endlich weit drüben vom Bach her Antwort, und als er dorthin eilte, sah er, wie sein Büblein bereits Schuh und Strümpfe ausgezogen hatte, um durchs Wasser hinüberzuwaten. »Was machst du denn? Wohin willst du denn?« rief der Vater. »Ich kann nicht anders«, sagte das Kind, »die weiße Frau hat mir gewunken, daß ich ihr nach muß.« Jetzt erst erinnerte sich der Bauer wieder der unheimlichen Dinge, die von diesem Ort gelten.

Märchen aus Italien und Südtirol

Die Vivane der Fruchtbarkeit

In einem Jahre, in welchem die Ernte sehr schlecht ausgefallen war, kam zu einem Bauern in Soraga ein bescheidenes und braves Mädchen, das ihm seine Dienste anbot. Auf die Frage, was sie als Lohn verlange, sagte sie: »Nichts als gute Behandlung.«

Erstaunt, aber auch zufrieden über diese Bescheidenheit, nahm er sie in seine Dienste.

Vor allem kehrte und scheuerte sie die Zimmer und die übrigen Räume. Als sie auch den Keller kehren wollte, meinte der Bauer, das sei nicht notwendig, aber da sie darauf bestand, ließ er sie gewähren. Als das Mädchen im Keller eine Gerstengarbe hängen sah, so wollte sie damit kehren; das ließ der Bauer nicht zu, sondern gab ihr einen Bund Tannenreisig zu der Arbeit.

Sie gab sich damit schließlich zufrieden und sagte: »Es Tina vejon e Tanan a ti nie gran (und dir kein Korn).«

Nach diesen Worten verschwand sie spurlos; der Keller aber war fingerdick mit Tannennadeln bedeckt.

Hätte der Bauer sie mit der Gerstengarbe auskehren lassen, so wäre der Boden fingerdick mit Gerste bedeckt gewesen.

Die verjagte Vivane

Auf der Alpe von Pozza saß eines Abends ein Hirte auf dem Herde und bereitet sich Rufiei zum Nachtmahl; plötzlich stand eine hungrige Vivane vor ihm und sagte: »Gib mir auch etwas zu essen, denn mich plagt schrecklich der Hunger.«

Der Hirte erwiderte, sie möge noch warten, bis die Rufiei gekocht wären. Da sie ihn aber fragte, ob er einen Hund habe, glaubte er, sie sei eine Bregostana – er hätte nämlich noch nie eine gesehen – und sagte: »Kühe und Kälber habe ich wohl, aber einen Hund besitze ich keinen.«

Als die Rufiei gar gekocht waren, sagte er zu der Vivane: »Jetzt muß ich noch eine Schüssel holen, um die Rufiei hineinzutun, bleib nur ruhig sitzen.«

Statt dessen ließ er den Hund los, der sich wie rasend auf die Vivane stürzte. Voller Verzweiflung fuhr sich die Vivane in die Haare: »Ich bin so hungrig, und du vertreibst mich mit dem Hunde; aber merke dir, Hungrige ungesättigt zu entlassen, bringt kein Glück.« Hierauf entfloh sie.

Auf einem nahen Hügel stellte sie sich kerzengerade hin, mit den Händen vor der Brust, so daß die Daumen sich berührten und dem Hirten die Handflächen zugekehrt waren, und sang mit klangvoller Stimme:

»O belle krepe baite nose!
Se la zent saesa noi sion
Ke tom, aur, amor te man aon
Skase kol cian no fosseron.
Per Tello, que per duc flica
E Mano, che duc teisa
No plu pabol per te t aras
Zittene louva raskias.«

(O schöne Felsen und Alpen, die uns gehören. Wenn die Leute wüßten, wer wir sind, daß wir Glück, Gold und Liebe in den Händen halten, würden wir nicht durch Hunde verjagt. Im Namen von Tello, der allen hilft, und des Mano, der alle sättigt, für dich wird keine Speise mehr nützen, gehe hinweg, du Werwolf!)

Als der Bursche diese zwei Strophen gehört hatte, tat es ihm leid, die Vivane vertrieben zu haben, und da er befürchtete, daß sie ihn verwünscht habe, bat er die Leute von Pozza, sie sollten einen anderen Hirten heraufschicken. Als der nächste Abend anbrach und der neue Hirte angelangt war, fiel er ohnmächtig hin, so daß er zu Tal gebracht werden mußte. Von jener Zeit an aß er täglich sieben mal sieben Mahlzeiten (die Bannformel für Hexen und Feen), und trotzdem war er stets hungrig. Da er von Tag zu Tag magerer wurde, ging er zu einer alten Frau und erzählte ihr den ganzen Vorfall.

Sie erwiderte ihm: »Ich sehe wohl, Lieber, das Weib war keine Bregostana, sondern eine Vivane, und zwar die Feenkönigin der Felsen und Wälder. Sie hält sich auf den Bergen auf, beschützt die Alpen und das Vieh vor Unglück, und du hast sie vertrieben. Schlecht von dir war es, daß du ihr nichts zu Essen gegeben hast, obwohl du gehabt hättest. Dem Mano vom Berg sollst du jederzeit, wenn du etwas ißt, geben. Täglich mußt du von nun an neunundvierzig Buchweizenknödel essen und vier Krüge Wasser trinken, bis du nur mehr aus Nerven und Knochen bestehst.

Die Haare und der Bart werden dir derart wachsen, daß du wie ein Waldmensch aussehen wirst. Geh auf die Alpe und bleibe dort Jahr und Tag, zünde täglich in drei Ecken der Alpenhütte ein Feuer an und gib Kranewittbeeren und Sauerdorn hinein, bis die Hütte mit Rauch geschwängert ist, dabei knie nieder und sprich: ›Mano, komm und erlöse mich! Ich will drei Jahre dafür dir räuchern!‹ Dann wirst du nach Jahr und Tag erlöst sein.«

Der Hirte befolgte den Rat genau, und nach Jahr und Tag erschien die Vivane und sprach: »Nun bist du von deinem Heißhunger erlöst, doch gib von nun an jedem Hungrigen zu essen. Bereite für drei Personen ein Mahl aus gelabter Milch, Krampfen mit einer Fülle von wildem Erdbeerspinat, Kranewittbeeren sowie Hagebutten.«

Während des Essens sagte die Vivane noch: »Im Namen von Reza und ihren Genossinnen, gib den Hungrigen stets zu Essen, dann wirst du Glück und Segen haben.«

Dann verschwand sie.

Die hinterlistige Bregostana

Zan Baila war ein braver und tüchtiger Mann, der sich eine arbeitsame und sparsame Frau zum Weib genommen hatte. Ihrer Ehe entsprossen zwei Kinder, in der Familie herrschte nur Liebe, Friede und Eintracht. Dies erregte den Neid von zwei Bregostanen, die im nahen Wald hausten und nur darauf erpicht waren, dieses glückselige Familienleben zu zerstören. Einmal abends, als Baila das Vieh von der Weide heimtrieb, trat ihm eine Bregostana entgegen und sagte: »Wozu treibst du dein Vieh so weit auf die Weide? Ich kenne hier ganz in der Nähe einen schönen Weideplatz mit einer guten Quelle; das Gras wächst so hoch, daß das Vieh sich nicht vom Platz entfernt und du auch keinen Hirten zur Beaufsichtigung brauchst. Wenn du aber beim Vieh bleiben willst, so können ich und meine Schwester dir das Mittagessen kochen. Versuche es einmal auf jenem Platz, er ist gleich hinter jenem Hohlweg, du kannst den Weg nicht verfehlen. Wann kommst du?«

Baila erwiderte, daß er übermorgen kommen werde, worauf sich die Bregostana hochbefriedigt zu ihrer Schwester in den Wald begab und ihr das Resultat ihrer Unterredung mitteilte. Sie gingen sofort zu jenem Hohlweg, den Baila mit dem Vieh unbedingt passieren mußte, lockerten die großen Steine auf beiden Seiten des Weges und stützten sie mit Hölzern, die sie leicht entfernen und dadurch die Steine ins Rollen bringen konnten; denn sie hatten im Sinn, den Baila samt Herde unter den abstürzenden Trümmern zu verschütten. Dann rechneten sie weiter, daß auf das Gepolter der abstürzenden Steine und Erdmassen die Leute herbeieilen würden, um zu sehen, was geschehen sei. Sicherlich wäre unter den Herbeieilenden auch die Frau des Baila. Ihre Kinder würde sie allein zu Hause lassen, und die könnten sie dann ohne Mühe stehlen.

Baila, dem es nicht ernst mit dem Aufsuchen des Weideplatzes war, hatte den Vorfall mit der Bregostana ganz vergessen und ging auf die Jagd. Auf dem Heimweg witterte sein Jagdhund die Bregostana und folgte der Spur, bis er im Hohlweg am Fuße der steilen Seitenwände, die die Bregostana erklettert hatte, angelangt war und nicht mehr weiter konnte, worauf er heftig zu bellen anfing. Die Bregostana, in der Meinung, daß auch Baila mit seiner Herde sich im Hohlweg befinde, löste die Stützen der Steinbatterien. Herabgestürzt kam eine Unmenge Steine, Erdmassen, Baumstämme usw. Baila, der dem Hund nur langsam gefolgt war, besah sich die Verwüstung und dachte sich, daß er das der Bregostana heimzahlen werde, denn er hatte sofort erraten, daß sie ihm nach dem Leben getrachtet hatte.

Etwas später war Zan Baila im Walde, um Holz zu fällen; da kam ein Weib in den Wald und tat, als ob sie Beeren suchte. Als sie ihn dort sah, ging sie auf ihn zu und fragte ihn förmlich nach seinen Familienverhältnissen, ob er Weib und Kinder habe, ob alle gesund seien und wie er heiße.

Zan Baila, der in ihr sofort die Schwester der Bregostana erkannte, antwortete ihr auf alle Fragen und sagte ihr, daß er Selbst heiße. Dann spaltete er einen dicken Lärchenbaum und bat die Bregostana, sie möge ihm mit den Händen den Stamm auseinanderreißen helfen. Kaum hatte aber die Bregostana die Hände in der Kluft, zog er die Axt heraus, so daß sie ihre Hände eingeklemmt hatte und nicht mehr fort konnte. Dann nahm er einen saftigen Ast, hob ihr den Kittel auf, prügelte sie anständig durch und sagte:

»Da hast du den Lohn dafür, daß du und deine Schwester mich unter der Steinlawine verschütten wollten. Das, was dir an Hieben zuviel vorkommt, liefere deiner Schwester ab, damit sie auch etwas hat.«

Die Bregostana schrie nach Leibeskräften um Hilfe, so daß die Nachbarn herbeieilten; doch als sie eine Weiberstimme hörten, dachten sie sich, es wird wohl so ein Luder sein, das von seinem Mann die verdiente Strafe bekommt, und kehrten wieder heim.

Als Baila glaubte, daß die Bregostana genug habe, befreite er sie und sagte: »Merke dir, was dir heute zugestoßen ist! Laß dich niemals wieder sehen und laß mich und meine Familie in Ruhe, sonst könntest du etwas ganz anderes erleben. Geh mir aus den Augen!«

Die Bregostana lief, sobald sie frei war, heulend in den Wald und ließ sich nie mehr blicken, ebenso ihre Schwester.

Seit dieser Zeit hatte Zan Baila Ruhe und lebte noch viele Jahre in den glücklichsten Familienverhältnissen.

Von den Salinger Fräulein

I.

Im Wald draußen bei den grauen Schloßruinen, auf denen nur Disteln und Farnkräuter wachsen, hausen die Salinger Fräulein. Nicht alle Leute sehen sie, sondern nur hin und wieder zeigen sie sich den Menschen, aber den blauen Rauch sieht man oft aus dem öden Gemäuer aufsteigen, wenn sie Mittag kochen. Soll schon das Essen bereitet sein und fehlt ihnen das Salz, so reitet das eine oder das andere Fräulein nach Hall, um dort Salz zu holen, und in einer Minute steht es wieder mit dem Salze in der Küche. Oft erscheinen die Fräulein den armen Dorfkindern, wenn diese Erdbeeren sammeln oder Heidelbeeren zusammenkämmen. Die Fräulein sind dann wie andere Kinder gekleidet und sehen wie diese aus, nur zarter sind sie, und oft, sehr oft merkt man nicht einmal, daß es die Salinger Fräulein sind, und hält sie für gewöhnliche Bauernmädchen. Sie helfen dann den Kindern Beeren sammeln und pflücken so schnell, daß in einer Viertelstunde alle Körbchen voll der schönsten Beeren stehen. Dann fällt es den Kindern erst ein, daß ein Salinger Fräulein ihnen hilft. Aber sobald sie das merken, ist das Fräulein auch verschwunden. Oft helfen die Fräulein den Bauern, aber nur solchen, die brav sind, auf den Äckern und Wiesen, und dann sehen sie ganz anderen Dirnen gleich, haben gleiche Mieder, gleiche Kittel, gehen barfuß, und wenn die Sonne recht heiß scheint, binden sie ein rotes oder blaues Sacktuch um den Kopf. Hilft ein Fräulein bei der Ernte oder einer anderen Arbeit, so ist das, wozu man drei oder fünf Tage braucht, in einem Tag abgetan, und das Heu dorrt wie

Zunder, ohne daß es dreimal hin und her gehockt und geworfelt wird. Neckt aber jemand ein Salinger Fräulein, so verschwindet es und erscheint auf jenem Feld nie wieder. Zuweilen kommen die Fräulein auch in die Häuser und helfen den Bäuerinnen kochen und nähen und scheuern; und wenn ein Fräulein Butter schlägt, kommt noch einmal soviel aus dem Kübel, und wenn eines die Kühe melkt, gibt das liebe Vieh viel mehr Milch als zu anderen Zeiten. Das alles tun die wilden Fräulein, die im Wald hausen.

2.

Einem Bauern in Schleiß war seine Magd gestorben, und es war gerade Sommer und die Heumahd vor der Tür. Er sah sich links und rechts nach einer tüchtigen Magd um; allein alles Suchen war vergebens, denn in jedem Haus und in jeder Hütte hatte man selbst vollauf zu tun und konnte keine Hand entbehren. Das Heu auf den Mähdern war reif, und da war bei unserem Bauern guter Rat teuer. Endlich nahm er seine Sense und ging allein durch den dunklen Fichtenwald zu einer Bergwiese und fing an zu mähen, daß ihm der Schweiß von der Stirn tropfte. Er hatte noch nicht lange gearbeitet, da kam plötzlich ein frisches Bauernmädchen auf ihn zu und bot ihm ihre Dienste zum Mahde an. Der Bauer maß mit den Blicken die körnige Gestalt vom Scheitel bis zu den Zehen, sie gefiel ihm, und er freute sich, eine so rüstige Gehilfin zufällig gefunden zu haben. Noch mehr verwunderte er sich aber, als er die schöne Magd mähen und worfeln sah, denn sie arbeitete so wacker, daß es jede Ahnung überstieg. Als es Mittag war, war schon die ganze Wiese abgemäht, und das Heu stand in Hocken und schmorte und dorrte, daß es eine Lust war.

Der Bauer konnte sich nicht genug wundern und fuhr nach Hause, um seinen Leiterwagen und seine Ochsen zu holen. Als er zurückkam, fand er das Heu schon ganz und gar getrocknet, worüber er sehr erstaunt war. Die fremde Magd gefiel ihm über die Maßen.

»Willst du nicht zu mir in den Dienst gehen? Ich zahle dir, was du willst«, fragte der Bauer. Die schlanke, weiße Dirne schüttelte aber bedeutungsvoll den Kopf. Der Bauer wandte alle seine Beredsamkeit auf, um das Mädchen zu bewegen, allein, alles war umsonst. Da nichts und gar nichts fruchtete und alles vergebens war, machte der Bauer zum verdrießlichen Spiele ein gutes Gesicht und ging ans Aufladen. Die Dirne schwang sich auf den Wagen und lud das Heu, das ihr der Bauer reichte, höher und höher, so daß bald der ganze Wagen voll dastand. Wie nun der Wagen voll und hochgeladen war, stieg der Bauer auf das Fuder, um den Wiesbaum zu befestigen. Der Bauer war ein schlauer Patron und wollte nebenbei auch der schönen, emsigen Dirne, die ihm so in die Augen stach, und die doch nicht mit ihm gehen wollte, eine Falle legen. Denn als sie droben auf dem Heu kniete und noch manches am schönen Fuder ordnete, legte er den Wiesbaum so, daß ihr linker Fuß von demselben eingeklemmt wurde, so daß sie nicht mehr weg konnte. Als sie das merkte, warf sie ihm einen bittenden und vorwurfsvollen Blick zu, sprach aber kein einziges Wort. Der Bauer dachte, nun habe ich den losen Vogel doch gefangen, stieg vom Wagen herunter, schwang die Peitsche, daß der Knall aus dem nahen Walde widerhallte, und fuhr wohlgemut seinem Dorf zu. Als er aber eine gute Strecke gefahren war und sich schon auf die künftige Magd freute, empfand er plötzlich einen Riß am linken Bein, und zugleich glaubte er ein Husch, Husch hinter sich zu hören, als ob ein Vogel wegflöge. Er sah sich verwundert um und auf den Wagen, aber keine Dirne war mehr zu sehen. Sie war verschwunden, und erst jetzt bemerkte der Bauer, daß sie ein Salinger Fräulein gewesen war. Der Bauer fuhr nun vorwärts, allein sein eigenes Fuhrwerk wollte nicht mehr gehen, denn er wackelte hin und her, und als er es sich näher beschaute, sah er, daß er mit dem linken Fuß hinkte. Er mochte versuchen und tun, was er wollte, er blieb zeitlebens hinkend. Und als er nach vielen, vielen Jahren starb, hinkten seine Söhne und Enkel mit der Leiche, und jetzt noch sollen alle seine männlichen Nachkommen hinken, und das hat das Salinger Fräulein getan.

Nachwort

Feen sind, folgt man der Definition von MacEdward Leach, übernatürliche Wesen und für den Sterblichen selten sichtbar; Feen gelten als ambivalent: Sie können wohlwollend und hilfreich, aber auch böse und gefährlich sein. Das Wort Fee (deutsch), fée (französisch) und fairy (englisch) von dem Spätlateinischen fata und dem Lateinischen fatum, bedeutet im Mittelenglischen Verzauberung und auch das Land, wo die Verzauberten wohnen.

Wesen, die als Feen bezeichnet werden, sind keineswegs nur auf die westeuropäische Kultur beschränkt; man findet sie überall auf der Welt.

Die Feen leben gewöhnlich unter der Erde, in einem Hügel oder Steinhaufen. Häufig sind sie grün gekleidet, und auch ihre Haut und ihre Haare sind grün; weiß ist ebenfalls eine Farbe, die mit den Feen in Zusammenhang gebracht wird.

Wenn Feen beleidigt werden (man schlägt ihnen eine Bitte ab oder verweigert ihnen den Respekt), rächen sie sich und bestrafen drakonisch. Sie treiben Schabernack mit den Menschen: melken die Kühe vor der Zeit auf dem Feld, beschmutzen Wäsche, die zum Trocknen aufgehängt ist. Aber sie können auch hilfreich sein. Dann schenken sie den Armen Nahrung und Geld, erledigen schwierige Arbeiten in der Nacht, spielen mit den Kindern und beschützen sie.

Es gibt eine Vielzahl von Theorien über die Herkunft der Feen. Eine Theorie besagt, daß die Feen die ursprünglichen Bewohner eines Landes waren. Versprengte Gruppen des besiegten und eroberten Volkes hätten sich im Gebirge und in Höhlen versteckt. Sie könnten von dort in der Nacht hervorgekommen sein, um sich Nahrung zu besorgen. Im Laufe der

Zeit wurden ihre Taten schließlich als merkwürdig und übernatürlich hingestellt. Eine andere Theorie sieht in den Feen untergegangene Götter oder Helden. So wird beispielsweise die irische Königin Medb, eine Heldin, die in den frühen irischen Epen genannt wird, zur Königin des Feenlandes. Eine dritte Theorie schließlich hält die Feen für die Personifizierung von Naturgeistern. Die Menschen der frühen Zeit und manche Naturvölker noch heute stellten sich vor, daß jedes Tier, jede Pflanze und jeder Stein auch eine Seele hat. Aus einem Baumgeist würde also eine Dryade, aus einem Wassergeist eine Undine, aus dem Geist eines Hügels wären die Feen geworden.

In den Feengeschichten wird deutlich, daß sich hier verschiedene Wunschvorstellungen spiegeln, doch können sie auch der Gewissensentlastung und der Überwindung von Ängsten dienen. Die meisten Geschichten werden auf diese Weise begreifbar. Daß Feengeschichten die Erklärung für Spannungen und Fehlverhalten zu zeigen versuchen, ist in der Geschichte ›Der Schneider und die Feen‹ erkennbar.

Der Zeitbegriff zwischen der Menschenwelt und dem Feenreich findet seine Aufklärung darin, daß es zwei Wahrnehmungsformen von Zeit für den Menschen gibt, die der realen und einer nicht realen. Oft sind die drei Tage im Feenreich wie dreihundert Jahre in der Menschenwelt. Bestimmt haben auch unheimliche Landschaften in Verbindung mit dem Glauben an Naturgeister bei dem Entstehen von Feengeschichten eine Rolle gespielt. Wenn man nach dem Grund für die Vielzahl von Feenmärchen im keltischen Kulturkreis fragt, ist darauf hinzuweisen, daß es eine Eigenart keltischen Fühlens und Denkens ist, von Irrealem in einer Weise zu sprechen, als handle es sich um Reales.

Je nach Jahrhundert oder Epoche gingen besondere Vorlieben in die Geschichten ein; im Mittelalter andere als in der elisabethanischen Epoche in England oder in die Kunstmärchen während der viktorianischen Zeit.

Alle uns bekannten Feen gehören jeweils einer von zwei großen Gruppen an. Es gibt Feen, die zu einem Volk gehören, also im Feenland gewissermaßen in einer organisierten Gesellschaft leben. Zu ihnen sind die Sidhe, »das Volk der Hügel«, in Irland zu rechnen. Die zweite Gruppe umfaßt die Feen, die mit einem Ort, mit einer Tätigkeit oder mit einer Familie verbunden sind. Ein großer Teil der Feengeschichten handelt von der Beziehung zu den Sterblichen: Feen stehen den Menschen bei, beschützen und behüten vor allem Kinder, Feen schaden den Sterblichen, sie entführen sie zu einem bestimmten Zweck, Sterbliche besuchen das Feenland, Sterbliche haben eine Feenfrau zur Geliebten, Feenmänner haben eine irdische Frau.

Auf zahlreiche Überlieferungen stößt man, wenn man sich mit einer Feengestalt in der Folklore in Irland, Wales oder der Bretagne befaßt. Am Anfang steht möglicherweise *Morrigan* oder *Morrigu,* eine der Gestalten, die die irische Kriegsgöttin Badb annehmen kann. Im Epos von *Cuchulain* werden drei Kriegsgöttinnen genannt, von denen *Morrigu* die mächtigste ist: *Neman* führt die Armeen der Feinde in die Irre, so daß sie schließlich gegeneinander kämpfen, *Macha* gefällt sich in ständigem Gemetzel, aber *Morrigu* ist es, die Cuchulain übernatürliche Stärke und Mut verleiht, so daß er den Krieg für die Kinder der Göttin des Lichtes gewinnt. Eine Entsprechung finden wir in der griechischen Mythologie in der Überwindung der *Titanen* durch die olympischen Götter. Als Morgan ist die Göttin in Wales eine Fee geworden, die wie die *Morgane* der Bretagne von einer Meerjungfrau abstammen soll. Der Begriff *Fata Morgana,* eine wie Zauber wirkende Luftspiegelung, bewahrt die Erinnerung an die im Wasser lebende Fee. In unserer modernen Vorstellung sind Feen vor allem in den keltischen Ländern Nordwesteuropas, also in Irland, Wales, Schottland und in der Bretagne, verbreitet. Weit weniger bekannt ist, daß der Feenglaube auch in den skandinavischen Ländern, vor allem in Norwegen und Dänemark, ausgeprägt ist. Die Ursprünge des skandinavischen Feenglaubens liegen möglicherweise in der nordischen Mythologie. In der Prosa-Edda heißt es: »In Alfheim wohnt das Volk der *Licht-Alfen,* unten in der Erde die *Dunkel-Alfen,* beide einander unähnlich in Aussehen und Kräften.«

Es lassen sich leicht Ähnlichkeiten in den Beschreibungen Walhallas, des goldenen Palastes im Reiche *Odins,* und den Feenpalästen im Inneren von Bergen oder Hügeln erkennen.

In der Phantasie der skandinavischen Bauern haben die *Alfar* noch bis ins 19. Jahrhundert fortgelebt. Es heißt, daß die guten Alfen in der Luft wohnen, im Gras tanzen, auf den Blättern von Bäumen sitzen. Die bösen Alfen hingegen wohnen unter der Erde und bringen häufig Krankheit und Not über die Menschheit.

Die Feengestalten im Skandinavischen sind oft durch Elfen/Alfen ausgetauscht worden. Dort, wo Alfen als ein Volk vorgestellt werden, nennt man sie auch *Höffolk* oder *Huldfolk, Huldrafolk.*

Die *wilden Frauen* im Salzburger Land sind den *Elle-Mädchen* aus Skandinavien eng verwandt. Wie diese haben sie schönes, fließendes Haar und wohnen in Hügeln. Der Unterberg nahe bei Salzburg ist einer ihrer bekanntesten Aufenthaltsorte. Man sagt, dieser Berg sei innen hohl und es gäbe dort stattliche Paläste, Kirchen, Klöster, Gärten und Quellen, aus denen Gold und Silber sprudele. In Südtirol, in Italien sind die *Vivanen* bekannt, sie entsprechen den *Salinger Fräulein,* beide sind den Menschen wohlgesinnt und sind ihnen jederzeit behilflich. Die Vivanen sind duftige, fast durchsichtige Frauen, die bis zum Ende der Welt leben, und sie haben die Gabe, die Zukunft zu deuten. Im Fassatal sollen die *Bregostanen* hausen, die als boshafte, wilde und raubgierige Wesen die Menschen drangsalieren.

Die Feengestalten und der Feenglaube des Orients unterscheiden sich bereits vom Ursprung her von den nordwest-europäischen Vorstellungen. Hier geht man vom Bild des gefallenen Engels aus. Nach Darstellung arabischer Dichter handelt es sich bei den *Jino* oder *Jan* (Feenfrauen) und den *Jinee* (Feenmänner) um Wesen, die die »Erde Tausende von Jahren vor Adam bewohnten«; eine andere Überlieferung besagt, daß der Prophet sie aus rauchlosem Feuer, aus dem Atem des heißen Windes, gemacht habe. Sie wurden von Königen regiert; die Propheten wollten sie bekehren, aber sie blieben ewig aufsässig und ungehorsam, schließlich erschien eine Armee Engel, die viele von ihnen gefangennahm und die anderen aus der Welt auf bestimmte Inseln vertrieb. Einige der *Jinn* gehorchen Gottes Willen und glauben an den Propheten, andere, wie die *Deevs,* sind ungehorsam und boshaft. Beide können sichtbar oder unsichtbar sein; sie können aber auch die Gestalt verschiedener Tiere annehmen. Besonders häufig treten sie als Schlangen, Katzen oder Hunde auf. In menschlicher Gestalt ist ein Jinn ungewöhnlich schön, die Deevs aber durch Häßlichkeit entstellt. Zahlreich sind die Feenwesen im Fernen Osten, in China, Japan und Tibet. Die Vorstellung einer schönen, attraktiven Frau, die als Fee in die Welt kommt, gibt es im japanischen und chinesischen Märchen sehr häufig.

Limburg/Lahn *Frederik Hetmann*

Anhang

Die Feen in den Romanzen des Mittelalters

Die Märchen Arabiens sind ohne Zweifel in Europa schon recht früh bekannt gewesen. Die Romanze von *Cleomades und Claremonde* beispielsweise entstand im 3. Jahrhundert. Sie erinnert nicht nur, sondern sie ist die Geschichte von dem Zauberpferd aus Tausendundeiner Nacht. Ein anderes Märchen, das von zwei Schwestern handelt, die die Jüngste beneiden, findet man bei *Straparola*. Es ist auch in Deutschland verbreitet und kommt im Pentamerone vor, lange ehe Übersetzungen orientalischer Märchen in Mitteleuropa erscheinen. Wenn man der Herkunft europäischer Feenmärchen nachspürt, entdeckt man viele Spuren, die alle in den Orient weisen. Die Hauptroute, auf denen diese Märchen nach Mitteleuropa gelangten, läßt sich leicht aufzeigen. Da sind die Handelsfahrten und die Pilgerreisen nach Mekka, auf denen die Mauren Spaniens und ihre Glaubensbrüder im Osten einander begegnen. Da sind die Venetianer, die Candia (Kreta) besitzen und einen lebhaften Handel mit Syrien und Ägypten unterhalten. In diesem Zusammenhang ist es bezeichnend, daß die ›Notti Piacevoli‹ von Straparola zuerst in Venedig erscheinen und daß *Basile*, der Verfasser des ›Pentamerone‹, seine Jugend auf Kreta verbrachte und sich später längere Zeit in Venedig aufhielt. Die Pilger waren notorische Erzähler von Wundern und begierig, im Orient Märchen und Geschichten in sich aufzunehmen, um sich später auf dem Heimweg vom Heiligen Land durch Europa für erwiesene Gastfreundschaft erkenntlich zeigen zu können, indem sie sie erzählten.

Es ist anzunehmen, daß die europäische Romanze, zwar nicht vom Namen her, wohl aber, was die darin beschriebenen Taten der Feen und deren Eigenschaften angeht, vom Orient her inspiriert worden ist. Dies gilt in besonderem Maße für jene Romanzen, die im 14., 15. und 16. Jahrhundert in Prosa geschrieben oder, von der Versform ausgehend, später in Prosa neu gefaßt worden sind. In Romanzen, die früher entstanden, kommen Feen weitaus seltener vor. Romanzen der Ritterzeit lassen sich in drei Gruppen einteilen: in jene von *Artus* und seiner Tafelrunde, von *Karl dem Großen* und seinen Paladinen und in die von *Amadis* und *Palmerin* samt ihren Nachkommen. In der ersten Gruppe tauchen Feen mit Ausnahme der Romanze von *Isaie le Trist*, die eine Geschichte aus dem 15. Jahrhundert zu sein scheint, nur selten auf; in der zweiten Gruppe aber werden Feen in ihrer ganzen Pracht und Macht dargestellt. In der dritten Gruppe schließlich, die der Literatur Spaniens angehört, tauchen Feen zwar nicht unter dieser Bezeichnung auf. Die Eigenschaften und Handlungen der betreffenden Wesen sind aber die von Feen. So gebietet die Zauberin *Urganda la Desconecida* über ganz ähnliche Kräfte wie *La Dame du Lac* in der Romanze von Lancelot du Lac.

In dieser Romanze wird unter anderem erzählt, wie König Ban sich über sein brennendes Schloß und den Verrat seines Vertrauten so erregt, daß er stirbt. Die verwitwete Königin läßt ihr neugeborenes Kind am Ufer eines Sees zurück, während sie dem sterbenden Monarchen in seinem Todeskampf beisteht. Als sie zurückkommt, findet sie das Kind in den Armen einer schönen Frau. Sie bittet sie mit Nachdruck, ihr das verwaiste Kind zurückzugeben, aber ohne das Flehen der verängstigten Mutter zu beachten, verschwindet die Gestalt mit dem Kind im Wasser. Es ist niemand anderes als die berühmte Dame du Lac, und das Kind ist Lancelot, der später den Beinamen ›vom See‹ trägt. Der Name dieser Frau ist

Vivienne, und sie wohnt ›en la marche de la petite Bretaigne‹. Merlin, der berühmte Zauberer, der von einem Dämon gezeugt wurde, wird sich später in sie verlieben und sie leichtsinnigerweise in seine Zauberkünste einweihen. Durch dieses Wissen aber wird sie zur Fee. Der Autor teilt uns mit, daß die Frau, die Lancelot in den See trug, eine Fee war, und daß in jenen Zeiten all jene Frauen, die mit Zauber zu tun hatten – und es gab ihrer viele in Großbritannien – Feen genannt wurden. Sie hatten Macht über Steine und Kräuter. Sie waren ewig jung und schön und besaßen große Schätze.

Der See in der Erzählung stellt eine *feerie* dar, er ist durch Illusionszauber entstanden, »durch die Kunst, die der Teufel Merlin gelehrt hatte und dieser wiederum der Frau«.

In der Romanze heißt es weiter:

»Die Frau, die ihn (Lancelot) aufzog, hielt sich nur im Wald auf und wohnte auf dem Gipfel eines Hügels, der niedriger war als jener, auf dem König Ban starb. Dort, wo der Wald wild und dicht war, hatte die Frau mehrere prächtige Häuser, in der Ebene darunter gab es einen kleinen Fluß mit vielen Fischen, und dieser Platz war schwer zu finden, denn das Ebenbild des besagten Sees bedeckte ihn derart, daß niemand ihn wahrnahm, wenn er hinkam.« In der Romanze von *Maugis d'Aygremont*, in der *Tapinel* und seine Sklavin die beiden Kinder des Herzogs *Bevis von Aygremont* stehlen und sie der Frau des Sorgalant verkaufen, hört eines der beiden auf den Namen *Esclarmonde*. Es ist fünfzehn Jahre alt und »plus belle et plus blanche qu'une fée«. Die Sklavin legt sich unter einem Weißdornstrauch schlafen. Sie wird von einem Löwen und einem Leoparden verschlungen, die sich gegenseitig im Streit um das Kind töten. »Und das Kind lag unter dem Dorn und schrie laut, als Oriande, die Fee, die in Rosefleur mit vier anderen Feen wohnte, vorüberkam. Immer wenn sie dort ging, pflegte sie an dem Dornenstrauch zu rasten, und jetzt beugte sie sich nieder und hörte das Kind schreien. Sie sah es und sprach: ›Bei Gott, an den wir glauben, dieses Kind schreit sehr (mal gist) und so soll auch sein Name sein.‹ Und von dieser Zeit an hieß der Knabe Maugis.«

Die Fee Oriande nimmt das Kind mit heim zu ihren Gefährtinnen. Als diese es betrachten, stellen sie fest, daß es einen kostbaren Ring im Ohr trägt, ein Beweis für sie, daß es von edler Herkunft ist. »Da betete sie zu Gott, daß ihr die Nation, aus der der Knabe stamme, bekannt werden möge.«

Als sie ihr Gebet beendet hat, schickt sie nach ihrem Neffen Espiet, »der war ein Zwerg und nicht mehr als drei Fuß groß, und sein gelbes Haar wirkte wie golden, sonst aber glich er einem Kind von sieben. Er war aber mehr als hundert Jahre alt, einer der größten Schurken auf der Welt, und kannte alle Arten von Zauber.« Espiet offenbart ihr, wer das Kind ist. Oriande hegt und pflegt es auf ihrem Schloß Rosefleur, wo es schließlich auch die Taufe empfängt. Sie und ihre Gefährtinnen erziehen es voller Zärtlichkeit, und als der Junge alt genug dazu ist, gibt sie ihn ihrem Bruder Baudris in Pflege. »Dieser aber war bewandert in den Künsten der schwarzen und weißen Magie und über hundert Jahre alt. Was er wußte, lehrte er Maugis.«

Als dieser nun zum Mann herangewachsen ist, schenkt ihm Oriande eine Rüstung, und später »liebte sie ihn so sehr, daß sie ihm nicht erlaubte, auszuziehen und Abenteuer zu suchen«.

Kurz darauf aber gewinnt Maugis das Zauberpferd Bayard auf der Insel Boucaut. Bei seiner Rückkehr von der Insel besiegt und tötet er den sarazenischen Admiral *Anthenor*, der erschienen ist, um die Ländereien und das Schloß von Oriande zu erobern. Maugis erhält dabei das Schwert Flambée, welches er später zusammen mit dem Pferd an seinen Cousin *Renaud* verschenkt.

In Perceforest lebt *Sebille la Dame du Lac,* deren Schloß von einem Fluß umgeben ist, über dem ein so dichter Nebel hängt, daß niemand über seine Wasser hinsehen kann. Auch wenn die Dame du Lac nicht als solche bezeichnet wird, ist sie offensichtlich eine Fee. Die zwei Wochen, die *Alexander der Große* und *Floridas* bei ihr zubringen durften, um ihre Wunden heilen zu lassen, sind ihnen wie eine Nacht vorgekommen.

»In einer jener Nächte aber empfing die Dame vom König einen Sohn, mit dem das Geschlecht des König Artus begründet wurde.«

In derselben Romanze erfahren wir, daß auf der Insel Zeeland eine Fee wohnt, die sich *Morgane* nennt. Ein Geist namens *Zephir* hat diese Fee dazu angestellt, den jungen *Passelyon* und einen Cousin *Bennucq* aufzuziehen. Passelyon wird in eine Auseinandersetzung mit der jüngeren Morgane, der Tochter der Fee, verwickelt. Die verschiedenen Abenteuer des verliebten jungen Mannes machen den größten Teil dieser Romanze aus.

In der Romanze ›Tristan de Leonois‹ muß König *Meliadus,* der Vater des Tristan, sich gegen den Zauber einer Fee zur Wehr setzen, die sich in ihn verliebt hat und ihn entführt. Nur mit Hilfe des großen Magiers Merlin kommt er wieder frei.

In der Romanze ›Parthenopex‹ von Blois heißt es, daß die schöne Fee Melior auf einer Zauberbarke den Ritter zu einer verborgenen Insel bringt.

In keiner der Romanzen ist so häufig von Feen die Rede wie in der von Sir *Launfal,* die *Thomas Chestre* in der Regierungszeit *Heinrichs IV.* verfaßt hat.

Sir Launfal ist einer der Artusritter. Der König schätzt ihn und ernennt ihn zu seinem Hofmeister. Als Artus die schöne, aber schwache Gwennere, die Tochter des Königs Ryon, heiratet, äußert sich Launfal kritisch über diese Verbindung. Der Königin bleibt das nicht verborgen, und bei dem ersten Fest, das sie gibt, überreicht sie jedem der Ritter eine goldene Brosche und einen Ring, nur Sir Launfal erhält kein Geschenk. Launfal zieht sich unter einem Vorwand nach Karlyon zurück und lebt dort in großer Armut. An einem Feiertag leiht er sich ein Pferd und reitet in den Wald, wo er über seinen elenden Zustand nachdenkt. Da kommen zwei Frauen vorbei, »mit Haut so weiß wie Schnee«. Er grüßt sie, und sie grüßen zurück und laden ihn in das Haus ihrer Herrin ein. Nichts übertrifft an Pracht diesen Bau, über dem Tor prangt ein mit Edelsteinen geschmückter Adler. Der Dichter merkt an: »Weder Alexander noch Artus besaßen ein solches Juwel.«

Im Schloß begegnet *Sir Launfal* der Königstochter *Tryamour*, deren Vater ein Feenkönig im Westen ist, ein »Mann von großer Macht«. Tryamour ist über alle Maßen schön. »Wegen der großen Hitze zog sie ihre Kleider aus, bis sie nur noch einen Gürtel trug. Dann aber legte sie auch diesen noch ab und zeigte sich ihm nun ganz nackt. Sie war weiß wie eine Lilie im Mai und der Schnee, der eben an einem schönen sonnigen Wintertag gefallen ist. Ihr Haar wirkte wie goldener Draht, und eine eben erblühte Rose konnte sich nicht mit der Farbe ihres Teints messen.«

Die schöne Dame schenkt Sir Launfal ihre Gunst, verlangt aber, daß er ihr treu ist. Als Ausdruck ihrer Zuneigung gibt sie ihm einen Geldbeutel, der nie leer wird, und vieles mehr und entläßt ihn am Morgen nach der Liebesnacht mit der Versicherung, wann immer er sie zu sehen wünsche, dürfe er sich in ihre Privatgemächer führen lassen.

Im übrigen aber muß ihre Liebe geheim bleiben. Der Ritter kehrt an den Hof des Artus zurück. Er ist weiterhin heftig in die schöne Tryamour verliebt, bis ein Zwischenfall seiner Seligkeit ein Ende setzt. Eines Tages sieht die Königin ihn unter ihrem Turmzimmer tanzen und gibt ihm zu verstehen, daß sie ihn begehrt. Das Geständnis ihrer Liebe wird von Launfal ziemlich rüde mit dem Hinweis zurückgewiesen, daß er sein Herz schon einer anderen Dame geschenkt habe, deren häßlichste Dienerin die Königin noch an Schönheit übertreffe. Eine solche Beleidigung läßt freilich die Empfindungen der Königin nun ins Gegenteil umschlagen. Als Artus von der

Jagd zurückkehrt, beschuldigt die Königin Launfal, ihrer Ehre zu nahe getreten zu sein. Für diese Anschuldigung nennt sie offenkundige Beweise. Der unglückliche Ritter wird verurteilt, er soll bei lebendigem Leibe verbrannt werden, wenn er nicht bis zu einem bestimmten Tag die von ihm so gerühmte Schönheit herbeischafft. Die Frist läuft ab, die Königin dringt darauf, daß das Urteil rasch vollstreckt wird. Da erscheinen zehn schöne Mädchen auf weißen Pferden. Sie kündigen die Ankunft ihrer Herrin an, deren Schönheit die Behauptung des Ritters eindeutig bestätigt. Sir Launfal wird also auf freien Fuß gesetzt und folgt seiner Herrin aus der Stadt. Sie bringt ihn zu ihrem Vater ins Feenreich. Keiner von den Rittern der Tafelrunde sieht Sir Launfal je mehr wieder. Allerdings dringt an einem bestimmten Tag des Jahres das Wiehern seiner Stute aus der Anderswelt herüber in das Land der Sterblichen …

Es gibt drei Feerien, Feenorte, mit Illusionszauber geschaffen, die in den mittelalterlichen Romanzen immer wieder erwähnt werden, nämlich Avalon (von Aval, Apfel, umgeben von Obstgärten); im Meere die Insel der Seligen, die wie der Palast der Fee Banou unter der Erde liegt, und schließlich Oberons Reich in der Wildnis.

Vom Schloß und der Insel Avalon, dem Aufenthaltsort von Artus, Oberon und der Fee Morgane, findet man die ausführlichste Beschreibung in der Romanze von *Ogier*, dem Dänen.

Bei seiner Geburt kommen zu Ogier mehrere Feen und verleihen ihm verschiedene Gaben. Unter ihnen befindet sich auch Morgane, die bestimmt, daß er ihr Freund und Geliebter werden soll.

Nachdem Ogier sich in der Liebe wie im Krieg bewährt hat und hundert Jahre alt geworden ist, beschließt Morgane, daß es nun Zeit sei, ihn den Mühen und Gefahren eines Lebens unter den Sterblichen zu entziehen und ihn auf das Schloß Avalon zu bringen. Ogier und König Caraheu werden bei ihrer Rückfahrt vom Heiligen Land über das Mittelmeer von einem Sturm heimgesucht, und ihre Schiffe werden getrennt. Ogiers Schiff treibt so lange auf dem Meer herum, bis es schließlich nach Avalon gelangt, wo Morgane schon auf ihren Helden wartet. Doch ehe die beiden Liebenden zueinander kommen, sind noch einige Schwierigkeiten zu überwinden.

Ogiers Schiff wird gegen einen Felsen geworfen und leckgeschlagen, der Proviant wird unter der Mannschaft aufgeteilt; wer seinen Anteil aufgegessen hat, soll ins Meer geworfen werden. Ogiers Vorrat währt am längsten. Aber schließlich ist auch er der Verzweiflung nahe, als ihm eine Stimme zuruft: »Gott befiehlt dir, sobald es Nacht ist, zu einem Schloß zu gehen, das du leuchtend daliegen sehen wirst. Spring von Schiff zu Schiff, bis du auf die Insel gerätst, auf der es sich erhebt. Dort wirst du einen kleinen Pfad finden; und laß dich von nichts, was du im Schloß antriffst, schrecken.«

Ogier schaut sich um, sieht aber nichts. Aber als die Nacht kommt, und er schon darauf vorbereitet ist zu sterben, kommt tatsächlich ein Schloß auf einem Felsen in Sicht. Hell erleuchtet liegt es da, und er springt von einem Schiff zum anderen. Alle Schiffe sind an den Klippen um die Insel zerschellt. Er kommt auf die Insel, auf der sich das Schloß erhebt. Er gelangt vor ein Tor und findet es von zwei wütenden Löwen bewacht. Er erschlägt die Bestien und tritt ein. Er betritt die Halle, und dort sitzt an einem gedeckten Tisch ein Pferd. Das Tier behandelt ihn mit großer Höflichkeit, und der dem Hungertod nahe Mann bekommt nun ein kräftiges Mahl vorgesetzt. Dann heißt ihn das Pferd auf seinen Rücken steigen und trägt ihn in eine schöne Kammer, in der Ogier in dieser Nacht schläft. Der Name des Pferdes ist Papillon. Einst ist es ein mächtiger Prinz gewesen, den König Artus besiegt und darauf in ein Pferd verwandelt hatte. Dreihundert Jahre darf er nun auch nicht ein Wort sprechen, aber danach wird ihm die Krone der Freude zufallen, wie man sie bei den Feen trägt. Am anderen Morgen nun kann Ogier Papillon nirgends finden. Er öffnet eine Tür und stößt auf eine riesige Schlange, die er tötet. Dann folgt er einem schmalen Weg in einen Obstgarten; er pflückt einen Apfel von einem der Bäume, beißt hinein, und eine heftige Übelkeit überkommt ihn. Jetzt fürchtet er, bald zu sterben. Er versucht, gefaßt in den Tod zu gehen. »Er dachte noch einmal an das schöne Land Frankreich, seinen König Karl den Großen, an den König von England, seine schöne Gemahlin und wahre Freundin, die Dame Clarice, die ebenso schön wie edel ist.« Während er immer noch heftige Leibschmerzen hat, wendet er sich nach Osten und sieht dort eine sehr schöne Dame, ganz in Weiß gekleidet, mit reichem Schmuck, den anzusehen allein für jeden eine Freude bedeutet.

Ogier hält sie für die Jungfrau Maria und beginnt ein Ave, aber die Dame gibt sich als Morgane, die Fee, zu erkennen, jene Frau, die ihm, als er noch in der Wiege lag, einen Kuß auf die Stirn gedrückt und bestimmt hat, daß er später ihr ergebener Liebhaber werde. Sie steckt ihm einen Ring an den Finger, und obwohl er hundert Jahre alt ist, kehren die Kraft und die Schönheit eines Mannes von dreißig zurück. Nun führt sie ihn in das Schloß von Avalon, wo König Artus, Oberon und Mallonbron sich schon eingefunden haben. »Und als Morgue ihn zu dem besagten Schloß führte, kamen Ogier Feen entgegen: Sie sangen sehr gefällige Melodien. Er betrat die große Halle und ward dort völlig gesund. Er sah mehrere Feenfrauen. Sie trugen Schmuck und die schönsten Kronen, die man sich denken kann, und alle sangen und tanzten und führten ein Leben in Freuden, ohne daran zu denken, daß es auch Böses auf der Welt gab.«

Morgane aber stellte den Ritter Artus vor und setzte ihm auch eine dieser schönen, so reich geschmückten Kronen auf, »und dieser Schmuck hat die Eigenschaft, daß, wer ihn trägt, seine frühere Gestalt vergißt, aber er vergißt auch Freude und Kummer, Vergnügen und Pein«.

Also vergaß er die schöne und vieledle Dame Clarice, seinen Bruder Guyon, auch seinen Neffen Gauthier und alle Wesen, die er auf Erden gekannt hatte. Sein Leben war nun ein nie endendes Vergnügen. »Solch Freuden schenkten ihm die Feenfrauen, daß keine Kreatur, die auf dieser Welt lebt, sie sich vorstellen kann, und so süß hörte er sie singen, daß er tatsächlich meinte, im Paradies zu sein. So verging die Zeit von Tag zu Tag, von Woche zu Woche, und zwar so, daß einem zehn Jahre vorkamen wie ein Monat.« Aber Avalon liegt immer noch in dieser Welt, und deswegen ist die Freude dort nicht ungeteilt. Eines Tages nimmt Artus Ogier zur Seite und erzählt ihm, daß Capalus, der König von Lusitanien, ständig das Schloß der Feen angreife, mit dem Ziel, König Artus von dort zu verjagen.

Da begibt sich Ogier in den unteren Hof, um dem König im Zweikampf entgegenzutreten. Kaum aber ist Capalus seiner ansichtig geworden, da streckt dieser auch schon die Waffen, und Ogier führt ihn ins Schloß, damit er sich mit dessen Bewohnern aussöhne.

Wieder vergehen zweihundert Jahre in Lust und. Freude, und Ogier kommt es vor, als seien es nur zwanzig. Seine Familie ist inzwischen ausgestorben, all seine Verwandten und Nachkommen haben den Tod gefunden, als bekannt wird, daß die Paynimer in großer Zahl in Frankreich und Italien eingefallen sind. Nun darf Morgane Ogier nicht länger eigensüchtig bei sich behalten. Er muß gegen die Ungläubigen ins Feld ziehen. Eines Tages nimmt sie ihm die Krone von Lusitanien vom Kopf; sofort kommen ihm all die alten Gedanken wieder in den Sinn, und er empfindet ein glühendes Verlangen, seine Heimat wiederzusehen. Die Fee gibt ihm eine Fackel mit. Solange sie brennt, wird er am Leben sein. Sie schenkt ihm zudem das Pferd Papillon und erweckt seinen Kameraden Neoist wieder zum Leben.

»Und als sie beide aufgesessen waren, kamen alle Damen des Schlosses und nahmen von Ogier Abschied, und auf Befehl von König Artus und Morgane der Fee spielten sie ein Instrument, das die schönste Musik machte, die man sich denken kann.«

Der Ritter nimmt Abschied; eine Wolke hüllt ihn und seinen Gefährten ein, sie werden in die Luft gehoben und bei einer Quelle in der Nähe von Montpellier wieder zu Boden gesetzt. Ogier legt im Kampf gegen die Ungläubigen seine bekannte Tapferkeit an den Tag. Als er den König getötet hat, will er die Königin der Heiden heiraten, aber da erscheint Morgane und nimmt ihn mit zurück nach Avalon, und seither hat man Ogier in der Welt der Sterblichen nicht mehr gesehen.

Es ist erstaunlich, wie die Romanzen des Mittelalters nahezu alle Motive enthalten, die später in Märchen und Sagen von Feen über ganz Europa hin in geringfügiger Abwandlung immer wieder auftauchen. Andererseits fällt nicht schwer zu sehen, daß die Gestalt Morganes starke Ähnlichkeit mit der der Circe aus der Odyssee aufweist. So läßt sich sagen, daß wir in den Feengeschichten den Urmustern von Geschichten im west-östlichen Kulturkreis begegnen.

Quellenverzeichnis

Die Reise des Bran
Frederik Hetmann, Irischer Zaubergarten, Düsseldorf/Köln 1979

König Cormac im Reich der Feen
ebenda

Die Ballingskellig-Melodie
ebenda

Die Wunder der drei Donals
Nach mündlicher Erzählung im County Donegal, Archiv des Herausgebers

Lantrys neues Haus
Frederik Hetmann, Hinter der Schwarzdornhecke, Irlands Märchen und ihre Erzähler, Köln 1986

Gulisch, der Junge auf dem Zauberpferd
Frederik Hetmann, Der Vogel mit den goldenen Federn, Irische Kinder- und Hausmärchen, München 1988

Die unerschöpfliche Vorratskiste
Sidhe Scealta No. 46, Béaloideas XXVII, S. 31

John Connors und der Feenkönig
Jeremiah Curtin, The Tales of Fairies and of the Ghost World; collected from Oral Traditions in Southwest Munster, Boston 1895

Childe Rowland
Joseph Jacobs, English Fairy Tales, London 1898

Der Schneider und die Feen
S. O. Addy, Household Tales and other Traditional Romances, 1895

Die Feen auf Selena Moor
William Bottrell, Traditions and hearthside Stories of West Cornwall, Bd. 2, Penzance 1870–1890

Die Frau aus dem See
John Rhys, Celtic Folklore, Welsh and Manx o. J.

Rhys und Llywelyn
W. Jenkyn Thomas, The Welsh Fairy Book, London 1907

Die Suppe in der Eierschale
Elias Owen, Welsh Folklore, A Collection of Folktales and Legends of North Wales, Oswestry and Wrexham 1896

Der Zauberbalsam
Julius Rodenberg, Ein Herbst in Wales, Land und Leute, Märchen und Lieder, Hannover 1857

Der Fluch von Patannas
W. Jenkyn Thomas, The Welsh Fairy Book, London 1907

Die verbotene Quelle
ebenda

Tudor ap Einion
ebenda

Die Feenflagge von Dunvegan
J. F. Campbell, Popular Tales of the West Highlands, 4 vols., London 1890–1893

Tammas und der Nuckelavee
Sir George Douglas, Scottish Fairy and Folk Tales, London 1893

Zeugnisse von Feen
W. Y. Evans Wentz, The Fairy Faith in Celtic Countries, Oxford Press 1911

Giogas Sohn
Thomas Keightley, The Fairy Mythology, London 1892

Die beiden Feen und die Zwillingsbrüder
Jean-François Bladé, Contes populaires de la Gascogne, Paris 1886, aus dem Französischen übersetzt von Marlies Hörger

Die Geschichte von einer Veillée
W. Y. Evans Wentz, The Fairy Faith in Celtic Countries, Oxford Preis 1911

Geschichten von Morgane, der Fee
ebenda

Die wilden Frauen
Brixener Volksbuch, 1782

Die Wachletä-Jumpfere bei Magden
Ernst L. Rochholz, Schweizersagen aus dem Aargau 1856

Die Vivane der Fruchtbarkeit
Hugo de Rossi, Märchen und Sagen aus dem Fassatale, gesammelt zwischen 1904 und 1910. Manuskript in der Bibliothek des Landesmuseums in Innsbruck

Die verjagte Vivane
ebenda

Die hinterlistige Bregostana
ebenda

Von den Salinger Fräulein
Gebrüder Zingerle, Kinder- und Hausmärchen aus Tirol, Innsbruck 1852